メディアワークス文庫

死神の助手はじめました。

こがらし輪音

目　次

プロローグ　始まりと終わり

ずっと心惹(ひ)かれていた。

いつも笑顔で接してくれる君に、自分にないものを持っている君に、憧れていた。

帰り道、日常や将来のことについて話す何気ない時間は、かけがえのない宝物だった。ずっとこうしていたい、明日なんて来なくていい……そう思っていても、終わりの時間は無情にやって来る。

別れた後、ふと振り返って君の顔を見たのは、その名残(なごり)惜しさも手伝ってのことかもしれない。天啓や義務感なんて表現をすると少し大袈裟(おおげさ)だけど、その瞬間に足は勝手に動き出していた。

そんなだったから、突如として体側に加わった強烈な衝撃を、どこか別世界の出来事であるように認識していた。

不思議なことに、世界が引っくり返っても、驚く君の顔だけははっきりと目に映った。車に轢(ひ)かれたことを最初に実感したのは、恐らくその時だ。

本来足元にあるはずの真っ黒なアスファルトが、頭上に存在する。このまま脳天から地面と激突すれば、きっとタダでは済まない。

そんな状況に置かれながら心の中にあったものは、恐怖でも驚愕でも悲嘆でもなく、一つの強烈な未練だった。

あんなに時間があったのに。あんなに言葉を交わしたのに。

一番肝心なことを、どうしてもっと早く伝えられなかったんだろう。

1章　少女と死神

　清潔なクリーム色の廊下を歩きながら、私は顔馴染み（かおなじ）の看護師さんに軽く会釈する。顔パスにも随分と慣れたものだ。あの看護師さん、もう私とリュウスケくんが恋人同士だってことに気付いているんだろうな。事実とはいえ面映（おもは）ゆいものがある。

　彼の病室に入る時は、今でも少しだけ緊張する。そんなわけないって分かっていても、ベッドの中で冷たくなっているんじゃないかって、そんな最悪の想像をしてしまうせいで。制服のリボンを整え、深呼吸を挟み、私はそっとドアを開ける。

　点滴に繋（つな）がれたリュウスケくんは、今日もベッドで穏やかに眠っていた。傍（そば）に寄ってみると、ちゃんと寝息が聞こえてきて、私はほっと胸を撫（な）で下（お）ろす。

　リュウスケくんが交通事故に遭い、頭を強打する重傷を負ったのは、気付けばもう半年も前の四月のことだ。一命は取り留めたものの、前頭葉に深刻なダメージを負ってしまったとかで、今では一日に数時間しか起きることができない。その時間も不定期だから、毎日のようにこうしてお見舞いに来ているものの、起きている時に会えることは滅多にない。

生きてくれているだけで嬉(うれ)しいのはその通りだけど、触れられる距離にいながらすごく遠くにいるような、すごくもどかしい気分だ。私もリュウスケくんも高校三年生だから大学受験を控えているけど、リュウスケくんは言わずもがな、私もそれどころじゃないというのが正直なところだ。ここ軛野(くさびの)市民病院は、富山県全体でもかなり評判のいい総合病院らしいけど、こうも治療の目途が立たないと本当に大丈夫なのかと気を揉(も)んでしまう。

ちょっとでもいいから起きてくれないかなぁ、という望みを胸に、私は屈(かが)んでリュウスケくんに顔を近付けてみる。こんな時に不謹慎かもしれないけど、リュウスケくんは男の子なのにすごく綺麗(きれい)な寝顔で、女の私でさえふとした時に見惚(みと)れてしまう。長い睫毛(まつげ)を休ませ、両手を組んで仰向けに寝る姿は、まるでお伽噺(とぎばなし)の眠り姫だ。キスでもしたら目を覚ましてくれるかな、なんて思ったりもするけど、流石(さすが)にそこまでするほど無分別ではない。……実は一回だけやったことがあるんだけど。

しばらく彼氏の寝顔を堪能(たんのう)してから、私はリュウスケくんの頬(ほ)っぺたを突っつき、立ち上がった。この調子だと、今日はまだしばらく目覚めなそうだ。話ができないのは残念だけど、穏やかに寝ているリュウスケくんの邪魔をするのも憚(はばか)られる。

「また来るからね。リュウスケくん」

私はそう言い残し、ドアに手を掛けて病室を出ようとした。

その時、私は不思議な風を感じた。おかしいな、病室の窓は開けられないはずだけど、いやもしかしてリュウスケくんが目覚めたんじゃ……!?　と期待して振り向いた私は、言葉を失った。

リュウスケくんのベッド脇、私から見て反対側のそこに、いつの間にか大きな黒い塊が直立していた。まるで影法師のようなそれが、黒いローブを羽織った何者かであると理解するのに、私はたっぷり十秒以上を要した。

誰？　いつの間に？　何で？　渦巻く疑問に声も出せずにいると、その何者かはキョロキョロと辺りを見回し、不思議そうに呟く。

「……ん？　座標がズレた気がしたが……気のせいか」

若そうな男の声だ。フードの奥の目が、一瞬私を捉える。

「ひっ……!?」

私は竦み上がったが、黒い彼は私にそれ以上の関心を示すことなく、ベッドに無防備に横たわるリュウスケくんを見下ろす。

「……こいつか」

彼は唐突に右手をまっすぐ横に伸ばした。何をするつもりなの、と息を呑んで見守っていると、彼の右手にどこからともなく黒い影が纏(まと)わり付(つ)き始め、見る見るうちに一つの形を成していく。

長い持ち手の先に、三日月形の刃を宿したそれは、漆黒の大鎌だった。

黒い彼は徐(おもむろ)に大鎌を斜めに振りかぶり、リュウスケくんをじっと見据える。

彼が何をしでかそうとしているのか直感した私は、両手をブンブン振り回しながら叫び声と共に黒い彼を突き飛ばした。

「わぁ――――っ！」

「何っ……⁉」

体に鎌が当たったらどうなるとか気にしていられなかった。私と彼はもつれ合うような形で素っ転び、病室の壁に思いっきり体を打ち付けてしまった。

しばらく私の体の下で呻(うめ)いていた黒い彼は、私を強引に押し退けて罵声を浴びせてきた。

「いってぇ……⁉　何すんだ、いきなり！」

「ななな何すんだって、こっちの台詞(せりふ)なんですけどぉ⁉　リュウスケくんに何しようとしてんのぉ⁉」

私は精一杯の勇気を振り絞り、リュウスケくんを背に庇(かば)う形で立ちはだかった。何が何だか分からないけど、今この変質者からリュウスケくんを守れるのは私しかいない！

変質者は頭でも打ったのか、苛立たしげに側頭部を摩りながらリュウスケくんに向けて顎をしゃくった。

「何って、こいつを送るんだよ！　見りゃ分かるだろ！」

「分からないですけどぉ!?　送るってどこに!?　この鎌でどうやって!?　何それ、まるでリュウスケくんが死んでるみたいな言い草じゃん！」

彼が取り落とした鎌は、病室の床に深々と突き刺さっていた。これがリュウスケくんの体に当たっていたらと思うとゾッとする。

変質者は鎌を易々と肩に担ぎ、怒りを露に反駁してきた。

「だからそう言ってんだよ！　っていうかちょっと待て、お前、何で俺が見えて――」

「……シオリちゃん？」

第三者の声が聞こえ、私と変質者は揃って口を噤んだ。

先ほどまでベッドで眠りこけていたリュウスケくんが、半身を起こして私たちを見ていた。今しがたの騒動で起きてしまったのだろうか。

騒がしくして申し訳ないと思う気持ちはさておき、私は変質者を押し退けてベッドに駆け寄った。

「リュウスケくん、目、覚ましたんだ……！」

「ありがとう、またお見舞いに来てくれたんだ」

微笑（ほほえ）むリュウスケくんは、まだ寝惚（ねぼ）けているようで少し目がとろんとしていて、そういうところもすごく愛おしい。寝ている時も素敵だけど、起きているリュウスケくんはやはり格別だ。

「……生きている？　どういうことだ？　タバネは……」

私たちのやり取りを背後で眺めていた黒ずくめの変質者は、解（げ）せない様子で訳の分からないことをぶつくさ言っている。挙句の果てに掛け布団を勝手にめくってリュウスケくんの足を見始めたものだから、私はそいつの手を払って割り込んだ。何こいつ、足フェチなの？　やっぱり変態なの？

「……シオリちゃん？　どうしたの？」

私の行動を見て、リュウスケくんは不思議そうに訊いてくる。まだ完全に覚醒していないこともあってか、ベッドに横になったリュウスケくんからは、私の背後にいる不審者の姿は見えていないようだ。

これ幸いとばかりに、私は不審者を背に隠したまま必死にやり過ごす。

「どど、どうもしてないよ！　ほら、布団がめくれてて戻してあげただけだからね！　本当にそれだけのことだからね！　……ほら、早く行きなさいって！」

そしてどさくさに紛れて、不審者を病室の外に追い出した。起きた側からこんな奴と出くわすなんて、リュウスケくんの体にも差し障ってしまうじゃないか。

肩で息をしながら私は笑顔を作り、リュウスケくんの元に戻る。

「今日は起きてる時に会えてよかった。リュウスケくんがこのまま目を覚まさないんじゃないかって、私、いつも不安だから……」

「心配かけてごめん。また寝ている時間が伸びていて、最近じゃ二時間も起きていられないんだ。お医者さんに訊いても原因はまだよく分かってないみたいで。シオリちゃんにも迷惑掛けてばっかりだし、早く治さなきゃって思ってるんだけどね……」

申し訳なさそうに目を伏せるリュウスケくんを安心させるべく、私は自信満々に豪語した。

「ううん、迷惑なんてことない！　焦らなくても絶対治るよ！　とにかく、看護師さんと先生を呼ぼう。起きているうちにいろいろ調べなきゃだし」

ナースコールでやって来た看護師さんと入れ替わる形で、私はリュウスケくんに別れを告げ、病室の外に出た。いろいろお話ししたい気持ちはあるけれど、今は治療に集中してもらう方が先決。割合元気そうなところを見られただけでも満足だ。

そのまま病棟外に向かおうとして、私は顔を顰(しか)めた。リュウスケくんの病室のすぐ外に、あの黒ずくめの変質者が壁にもたれるような形で立っていたからだ。あの漆黒の大鎌は、まるで傘や松葉杖(まつばづえ)のように壁に立てかけられている。

「……まだいたの、あんた」

私の質問にも取り合わず、変質者は耳に手を当て、何やら小声で喋(しゃべ)っている。

「……ああ、間違いない。どういうことだ？　やっぱり座標がズレていたんじゃ……」

「ズレてるのはあんたでしょ！　っていうかあんた、どうやってリュウスケくんの病室に……」

私は彼に詰め寄ろうと気炎を上げた。この期に及んでリュウスケくんに危害を加えようとするなら、こちらも相応の態度で接しなければなるまい。

しかし、その時ちょうど少女の車椅子を押す看護師が私たちの傍を通り過ぎ、私は違和感を抱いて立ち止まった。談笑する彼女たちは、一度も彼を見ようともしなかった。黒ずくめの変質者はおろか、人を軽々殺せそうな大鎌にすら一瞥(いちべつ)もくれなかった。

仮に何かのイベントであろうと、こんな奇妙な格好をしている人間と出くわしたら、何かしらの反応はあるはずだ。私が戸惑っていると、リュウスケくんの病室のドアが開いて看護師が出てきた。

「それじゃあ、すぐに先生を呼んできますね～」

愛想よくそう言ってから、足早にナースステーションへと赴く。真横を通り過ぎたが、やはり変質者や大鎌のことは気にも留めていない。視界にすら入っていないようだ。

眉根を寄せ、私は呟く。

「……どういうこと？」

ずっと誰かと小声で話していた変質者は、唐突に壁から背中を離して大鎌を手に取り、私の方を見て言った。

「……少し、場所を変えるぞ。ついてこい」

私の答えも待たず、変質者は歩き出した。恐怖感がないわけじゃなかったけど、敵意は感じられなかったし、このまま何も分からず仕舞いというのも釈然としない。こんなに目立つ大鎌を携えているのに、やはり誰も一瞥すらくれない。

病院裏手、室外機が並ぶ人けのない場所に辿り着くと、黒ずくめの変質者は私に向き合った。彼の顔をようやくまともに見たが、顔立ちはなかなか端整で、年齢も私とさほど変わらないくらいに見えた。もちろんリュウスケくんの方が千倍素敵だけど。

「単刀直入に言う。俺は死神だ。現世に留まる死者の魂を、冥界に送ることを使命としている」

　さほど驚きがなかったのは、薄々予想していたからだろう。黒いローブに漆黒の大鎌、絵に描いたような死神の姿だ。こうも堂々と言われると逆に可笑(おか)しく思えるけど。

　身の丈ほどもある大鎌を見て、私は質問する。

「冥界に送るってのは、成仏みたいな?」

「概(おおむ)ねその理解で間違いない」

「ふぅん……まぁ、何でもいいけど」

「……お前、随分と物分かりがいいんだな。普通はもっと疑うはずだが」

　拍子抜けした様子の死神に、私は肩を竦めて平然と答える。

「まぁ、他の人たちがあんたに反応しない時点で、あんたが只者(ただもの)じゃないのは明らかだし。病院の人たちがこんな趣味の悪いドッキリをするとも思えないし」

　死後の魂とか死神とかを特段信仰していたわけじゃないけど、実際に目の前にいる以上は信じざるを得ない。自称とはいえ、死神だろうと天使だろうと悪霊だろうと私にとっては些末な違いだ。

それに何より、こいつに確かめておかなければならないことが他に山ほどある。

「それで、何であんたはリュウスケくんを殺そうとしたわけ？」

私は腕組みしてジロリと威圧的に死神を睨み付けたが、死神は歯牙にも掛けない様子でしれっと答える。

「伝令に従ったまでだ。この辺りに残留する子供の魂を送れと。ただ、移動の際に座標がズレたらしい」

「あんたねぇ、もうちょっと反省しなさいよ！　もうちょっとでリュウスケくんが真っ二つになって死ぬところだったんですけど⁉」

「心配ない。この鎌で切り裂けるものは死者の魂だけだ」

死神は大鎌を手に取り、頭上で振り回してから地面に突き刺した。途中、室外機を囲むフェンスと鎌が接触したが、フェンスは裂けも曲がりもしていない。そういえば病室の床にも穴は開いてなかったっけか。

だからと言って心臓に悪い思いをしたことに変わりはない。安堵と不服の入り混じった溜息を吐き、私は別の質問をぶつける。

「そりゃご都合のよろしいこって……んで、何で私はあんたが見えるの？」

「それは俺にも分からん。同じ死神や死者の魂以外にも、特別に霊感が強い者は俺たち死神の姿が見えるらしいが、俺はこれまで出会ったことがないからな」

「死神なんて私も初めて会ったんだけど……」

「まぁ、死神はやたらめったら現世を練り歩いたりしないから、霊感を持っていても会ったことがないケースも有り得るが」

死神はそう補足してくれたものの、特段霊感が強い自覚もないしなぁ、幽霊を見掛けたことも別にないし――もっとも中学生くらいの時はそういうのに憧れていた黒歴史もあるが――きっかけのようなものも特に思い浮かばないし、ここ一年で起きたことと言えばリュウスケくんの事故くらいのもので……

と、そこで私は嫌な予感を抱いた。昏睡状態のリュウスケくんの元に、突然訪れた死神。まさかとは思うが。

「ね、ねぇ、リュウスケくんの元にあんたが来たってことは……まさか、リュウスケくんは遠からず死んじゃうってこと？」

私は背筋が凍る思いで尋ねたが、死神の答えはあっけらかんとしたものだった。

「いや、そこの因果関係は俺とは無縁だぞ。死にかけの人間と死した魂は別だ。俺たちの仕事は生者に引導を渡すことじゃない」

「そっか、それならよかった……」

私は胸を撫で下ろした。手違いとはいえ、よりにもよって死神がリュウスケくんの所に来るなんて、悪い想像をしない方が難しいというものだ。

適当な仕事をした死神に多少の憤りはあるが、詰るだけ時間の無駄だろう。聞きたいことは聞けた。これ以上この死神と関わる義理もない。

「ま、要するにあんたは勘違いでここに来たってことね。んじゃ、もう二度とリュウスケくんに近付かないでよ。ついでに私にも。死神なんて縁起悪いし」

「いや、生憎そういうわけにもいかなくなった」

軽く手を振りながら立ち去ろうとした私に、死神はそんな言葉を投げかけてきた。

不思議に思って振り返ると、死神は私を指差して平然と告げた。

「上に報告したら、伝令が下った。お前に俺の仕事の手伝いをさせろと」

一瞬、私は言われた言葉の意味を理解できなかった。『俺は死神だ』なんて言われた時よりもよっぽど困惑させられた。

背後を確認したが、やはり死神が指差しているのは私だ。聞き違いでないことを確信した私は、猛然と死神に食って掛かった。

「は……はぁ⁉　何で⁉」

「知らん。上はとにかく説明したがらないから、俺はいつも困りながら嫌々この仕事をしているんだ。だからお前も困りながら嫌々この仕事を手伝え」

死神は私の剣幕にも一切動じることなく、一方的に淡々と命じてくる。何一つ困った様子のない無表情が憎らしい。

あまりにも自己中心極まる論理に、私は全力のノーを突き付ける。

「普通に嫌だし！　何で私がそんな訳分かんない仕事しなきゃいけないの、しかもタダで！」

「タダとは言ってない。上はお前がこの仕事を手伝えば、あの半昏睡（こんすい）状態の男の魂を治してやれるかもしれないと言ってきた」

「えっ……」

私の中で荒れ狂っていた怒りが一気に凪（な）いだ。リュウスケくんの生死が掛かっているのなら、話は大きく変わってくる。

私は死神に素早く歩み寄り、必要もないのに小声で耳打ちした。

「マジ？　死神ってそんなこともできるの？」

「詳しくは分からん、俺も死神の力の全てを行使できるわけじゃないからな。ただ、死神は魂に干渉する能力を持つ。更に上級の死神なら、傷付いた魂を治すくらいは訳ないんじゃないか？」

死神の発言はどこまでも他人事だ。嘘をついている風ではないが、全体的に具体性を欠いている。どんな危険があるか分からないし、確たる保証がないと私としても手伝いたくないんだけど。

私は腕組みし、疑念の視線を死神に送る。

「っていうか、そもそも何で私にそんなことさせるの？　手伝えって言われても私、成仏のさせ方とか全然分かんないんだけど」

般若心経でも唱えればいいの？　暗記系の教科苦手だから多分覚えられないけど。

私の厳しい視線もどこ吹く風、死神は至極涼しげに答える。

「俺にも分からん。まぁ多分、霊感の強いお前を珍しがって、いろいろさせたがっているんだろう。死神は慢性的な人手不足だから、上手く仕込めば職務遂行に役立つと思ったのかもしれない」

「えぇー、体のいい雑用係ってこと？　何かいろいろと雑な感じだなぁ……」

これが人間社会の契約なら、とても話にならないお粗末さだ。仮に死神の言うことが本当だとするなら、私は今後ずっと死神仕事を手伝わされることになる。ブラック企業なんてレベルじゃない。

ただ……それでも私が死神に背を向けられないのは、もちろんリュウスケくんの件があるからなんだけれど。

本人も言っていた通り、リュウスケくんが起きていられる時間は、日に日に短くなっている。彼の手前ああ言ったものの、傍から見ていても順調に回復しているとは思えない。このまま一日中昏睡するようになるんじゃないか、死んでしまうんじゃないかと思うと、私はいつも気が気ではなかった。

もし、私が死神を手伝うことで、彼が助かる可能性が砂粒ほどでも生まれるなら。

「……リュウスケくんの魂のこと、本当に信じられるの？」

念押しの問いかけに、死神は迷わず頷いた。

「心配ない、死神は嘘をつかん」

自信満々な割に何の根拠もないけれど、まぁその通りかもしれない。人間が嘘をつくのは、不正に利益を得たり不利益から逃れたりするためだ。死神様が私ごとき一般人に嘘をついて何か得るものがあるとも思えない。

腹を括り、私は腕組みを解いた。

「分かった、手伝うよ。リュウスケくんのためなら背に腹は代えられないもん」

死神の言葉を全て鵜呑みにするわけじゃない。それでも、何もできずに見守るばかりの日々に、嫌気が差していたのも事実だった。リュウスケくんが完治してさえくれれば、仮に一生死神仕事を手伝うことになっても本望だ。

「私はシオリ。佐竹シオリ。死神、あんたの名前は？」

言いながら私は、右手を死神に差し出した。冥界の作法がどうかは知らないけど、少なくともここは現世だ。

死神は私の意図をすぐに汲み取り、相変わらずの無表情で私の手を握り返した。

「アセビだ。まぁ、それなりによろしく頼む」

初めて触れた死神の手は、温かいような冷たいような、よく分からない不思議な感覚だった。

2章　兄と妹

翌日、私はリュウスケくんが入院している軛野市民病院で、再び死神のアセビと落ち合うことになった。準備のために一度冥界に戻る必要があったそうだ。

今日のリュウスケくんはずっと寝ていて話せず仕舞いだったが、私の心は比較的落ち着いていた。死神の仕事を手伝えば、対価としてリュウスケくんの魂は修復されて、元通りの生活を送れるようになるかもしれない。眠りこけるリュウスケくんにそう報告して、私は時間通りにアセビが待つ病院裏手へと向かった。

待ち合わせ場所にアセビは居ないように見えたが、私が何の気なしに昨日立っていた場所に歩み寄ると、後頭部にふわりとした風を感じた。反射的に振り返ると、黒いローブの裾をはためかせ、膝を曲げて地面に片手を突くアセビがいた。

空から落ちてきたのか、ワープして現れたのかは分からないが、突然背後に出現される私の身にもなってほしい。

「……あの、心臓に悪いから普通に出てきてくれない？」

「死神は座標移動が基本なんだよ。俺も一応死者側の存在だから、現世を無意味にうろついたり留まったりするわけにはいかないんだ」

アセビはいつもの無表情で答えながら、ローブの内側から取り出したものを私に投げてよこした。

「お前にこれを渡しておく」

「ちょっ、だから普通に渡してってば……」

取り落としそうになりながら、私は何とかそれを両手でキャッチする。

それは一枚のカードだった。ちょうど免許証くらいのサイズだが、顔写真はなく、ミミズが這い回ったような意味不明の文字が何行にも亘って記されている。裏面を見てみると、ローブを羽織った顔のない死神が大鎌を携えている絵が描かれていて、お世辞にも縁起物には見えない。

金属とプラスチックの中間のような手触りのそれを、摘まんだり弾いたりしながら、私はアセビに尋ねる。

「何、これ？」

「死神協会のライセンスカードだ。仮免だが、死神仕事にはそれが必須になる。それを使えば生者のお前でも死者と自由に接触できるし、死神の俺が霊感のない生者と対話することも可能になる。再発行はできないから失くすなよ」

「死神って免許制なの？　結構しっかりしてるんだね」

肝心の仕事とか契約は雑な癖にね、と心の裡(うち)で付け加えながら、私はライセンスカードを太陽に翳(かざ)す。このカードって何製なんだろう。冥界とやらにプラスチック工場があるとは思えないけど。

一通りの確認を終え、私はそれを制服のスカートのポケットに突っ込んだ。ともあれ、いよいよ私は正式に死神の一員として働かなければならないわけだ。

「それで、これからどうするの？」

「町の南の方に子供の魂が残留しているらしい。そいつを捜して冥界に送る」

ざっくばらんというレベルではない業務内容を平然と告げられ、私の眉間に皺(しわ)が寄る。

「……ちょっと待って、それって結構大変じゃない？　ただでさえ場所が大雑把なのに、こんなたくさんの人たちの中から幽霊を見付け出すなんて無理だよ」

「心配ない、魂と人間の違いは見れば分かる」

「違いって？」

「説明するより見た方が早い」

禅問答のようなやり取りに私は辟易(へきえき)させられてしまう。もしかして死神が雑というよりアセビが物臭なだけなんじゃないか。

まぁ、説明されないってことは自力で捜さなくていいってことだし、お言葉に甘えて楽をさせてもらおう。どっちにしろ初回はアセビの仕事を見学することしかできないだろうし。

「この町に残る魂ってのは、その一人だけ？」

「いや、他にもあるが、幼い魂を優先的に送るのが基本だ。未熟な魂は消耗が早いから、あまり長く放っておくといろいろと悪影響が及ぶ」

子供を大事にする感性は死神も同じらしい。ようやくまともな一面に触れられて、私は少しだけ安心する。

そうこうしているうちに私たちは長い橋を渡り始めた。橋の中央辺りに差し掛かったところで、アセビは足を止め、目を細めて川原をじっと見始めた。視線の先に目を遣ると、幅の広い川の端で屈んでいる一人の少年が見える。

一見男の子が川で遊んでいるだけの何でもない光景に見えたが、アセビは彼から目を背けることなく、欄干に手を置いた。

「……あれだな。行くぞ」

言うが早いか、アセビは欄干を飛び越えて川原へと落ちていった。驚いて身を乗り出した私だったが、五メートルほども落下したアセビはピンピンしている。体重という概念自体が無いのだろうか。

「ちょっ、ちょっと待ってって！」

生身の私は流石に飛び降りるわけにはいかない。大急ぎで橋を渡り切って、堤防を滑るように下っていく。アセビは既に男の子と数メートルの距離まで近寄っていた。

アセビの隣に立ち、私は男の子を観察した。アセビが反応したということは、この子が死者の魂なのだろう。遠目に見ているとさほど気にならなかったけど、一人ぼっちで川に浸かってざぶざぶと何かを浚っている様子は、確かに少し異様さを感じる。よく見ると足首に何か鎖のようなものが付いているけど、あれは何だろう？

諸々の疑問を差し置き、私はじっとりとした視線をアセビに送る。

「……あの、もしかしてあんたが送れって言われた子供の魂って、この子のことだったんじゃないの？」

「かもしれないな」

悪びれることなく答えるアセビに、私は頭痛を覚えた。かもしれないな、じゃないだろ。クールぶってるけど結構抜けているんじゃないのか、こいつ。

アセビは男の子に近付き、声を掛けた。

「おい、そこのガキ、ツラ貸せ」

男の子は私たちが傍にいることに気付いていなかったようだ。振り返って私たちの姿を認めた彼は、怯(おび)えたような表情を浮かべる。

「なっ……何？」

「ちょっとやめてよ、こんな小さい子供に！　怖がってるでしょ！」

アセビの大人げない態度に堪(たま)らず、私はそう嗜(たしな)めた。年の頃は小学校の高学年といったところだろうか。あどけない顔立ちが庇護(ひご)欲をそそる。

私は屈んで視線を合わせ、男の子に話しかける。

「ごめんね～、急に怖いお兄さんに脅されてびっくりしたよね～」

「おい、俺は脅してなんか……」

「お姉さんにお話を聞かせてくれないかな。君、名前は何て言うの？」

アセビの抗議を無視して尋ねると、男の子は消え入りそうな声で答えた。

「ツバサ……」

彼の言葉を聞き、私は安堵した。霊といえどもコミュニケーションは普通に取れるようだ。

「そう。ツバサくん、君はどうしてこんな川辺にいるの？」

「石を探していたんだ。ユミ……僕の妹は、綺麗な石が好きだから」

足元を見ると、確かにこの辺りはカーブした川の内側ということもあり、礫や小石がたくさん溜まっている。石集めにはもってこいの環境だ。

私はツバサくんを安心させるべく、優しく微笑みかける。

「石……そっか、君は妹想いの立派なお兄ちゃんなんだね。でも、こんな所にいたら危ないよ。ちょっとこっちで休憩したらどうかな？」

「危険も何もないだろう」

ツバサくんの答えも待たず、アセビがぶっきらぼうに口を挟んできた。

振り返ると、アセビの手にはあの漆黒の大鎌が握られていた。小刻みに震えるツバサくんに、アセビは容赦なく言い放つ。

「お前はもう死んでいるんだ。石を見付けたところで、妹に届けることはできない。俺の手で大人しく冥界に……」

アセビの言葉が途切れたのは、私が平手でアセビの頭をすっぱ抜いたからだった。

不意打ちを食らい、アセビは鎌を取り落とす。痛みに呻くアセビに、私は声を荒らげて非難した。

「バカ！　あんた、人の心とかないの⁉」

「俺は死神だ！　事実を伝えただけだろうが！　先延ばしにする方が残酷だって分かんねぇのか！」

アセビの反論にも一理あるとはいえ、やはり私は頷く気にはなれない。こんないたいけな男の子が無惨に切り裂かれるのを黙って見ていられるものか。

一触即発の私たちに、ツバサくんは静かに言った。

「僕がもう死んでいるなんて、とっくに気付いているよ」

諦観の滲む、寂しげな声だった。

足枷と鎖をジャラジャラ鳴らしながら、ツバサくんは川原に腰を下ろし、遠い目で対岸を眺める。

「それでも、心配なんだ。お父さんとお母さんは、いつも入院中のユミのことで喧嘩して、ユミはそのことにずっと傷付いていたから。僕がどんなに励ましても、『私なんか生まれてこなきゃよかったんだ』ってそればっかりで……」

膝を抱えるツバサくんの横顔には、深い憂いの色が滲んでいる。年齢にそぐわないその達観した表情を見ていると、私の胸まで苦しくなってくるようだ。

「あの日のユミ、すごく落ち込んでて、理由を訊いても話してくれなくて。だから約束したんだ。『僕がとびっきり綺麗な石を見付けてきてやる、だから元気出せよ』って。それなのに僕、うっかり足を滑らせて流されちゃって……僕が死んだのはもう仕方ないことだけど、ユミは寂しくないかな、お父さんとお母さんも喧嘩せず仲良くできているのかなって、それが今でも心配で……」

「そっか……ツバサくんは家族のことが未練で、だから今も成仏できないんだね」

自分が死んだ恨みではなく、死んだ後の家族を想えばこそ成仏できないなんて、あんまりじゃないか。こんなにも良い子が事故死してしまった不幸が心から悔やまれる。

私は目尻を拭って立ち上がり、アセビに尋ねた。

「ねぇアセビ、ツバサくんを家族のところに連れて行くことはできないの？」

「無理だ。魂は原則として一箇所から動くことはできない。こいつの足元を見てみろ、足枷と鎖で地面に繋がれているだろ」

「ああ、そういえば、これ何？」

ツバサくんの足枷から伸びる鎖は、川と川原の境界辺りの地面に埋まっているようだ。今はとぐろを巻いていて正確な長さは分からないが、せいぜい四、五メートルといったところか。

頑丈そうなその鎖を手に持ち、アセビは説明した。

「俺たちは〝魄束(たばね)〟と呼んでいる。いわゆる魂が持つ善性とか理性とか、そういうものだ。現世に留まった魂はこいつに縛られてその場から動けない。死んだ場所なり思い入れのある場所なり、条件は様々だが」

アセビの話で合点が行った。病室で掛け布団をめくってリュウスケくんの足首を確認したのは、この魄束とやらが付いていないかどうかを確認していたわけだ。

私は適当に相槌（あいづち）を打ちながら、鎖が生えている地面の辺りにしゃがみ込んだ。

「へー。そんじゃ、この鎖を壊せばいいの？」

「いいわけあるか！　魄束は魂の善性っつっただろ！　こいつを怨霊にしてぇのか！」

今度は私がアセビに激しく叱り付けられる番だった。

鎖から飛びのき、私はしゅんと小さくなる。

「ご、ごめんって、知らなかったんだって、そんな怒鳴らなくてもいいじゃん……」

どさくさに紛れて愚痴を言いながら、私は顎に指を当てて思案する。

ツバサくんは家族が心配で成仏できない、だけどここを離れて家族の様子を見に行くことはできない、幽霊だからみんなをここに連れてきて話をさせることもできない……となれば。

「うーん、そっか、そういうことなら……私たちが代わりにユミちゃんと話をしてきてあげる！」

「おい、勝手にそんなこと……」

異議を唱えようとするアセビを、私は片手を挙げて制する。

「いいじゃんいいじゃん、このままじゃツバサくんが可哀想だよ。未練が残っていたら、成仏するにできないでしょ」

「それは一理あるかもしれんが、しかし……」

アセビが迷う素振りを見せている隙に、私はツバサくんに告げた。

「待っててね、すぐに戻ってくるから！　大丈夫だよ！　きっとみんな仲良くやってるって！」

死神のルールがどうかは知らないが、私は自分の案が悪いものだとは思わない。不慮の事故で死んだ子供の未練を晴らそうというのだ。後ろ暗いことなど何もない。

堂々と胸を張る私に、ツバサくんは心なしか弱々しく微笑んで言った。

「……うん、ありがとう」

これも何かの因果か、ユミちゃんの入院先はリュウスケくんが入院している軛野市民病院の小児病棟だった。

ナースステーションで面会希望の旨を伝え、私とアセビは病室に向かう。大鎌こそ消していたものの、看護師さんが怪訝な目をアセビに向けてきたから、次からは姿を消してもらった方がいいかもしれない。こんな黒ずくめの男が女の子に面会だなんて、私が付いていなかったら通報案件だろう。

病室のドアは開きっぱなしになっていた。一応軽くノックしてから、私はベッドで本を読む女の子に呼びかける。

「こんにちは～。初めまして、ユミちゃんだよね？」

「そ、そうだけど……誰？」

顔を上げたユミちゃんは、私たちを見て引き攣った表情で訊き返してきた。ピンクのパジャマを着た、セミロングの可愛らしい女の子だ。手には食べかけの大きなメロンパンが握られている。

敵意がないことを示すため、私は軽く両手を挙げて笑う。

「突然ごめんね。私、君のお兄ちゃんのツバサくんの友達で、シオリっていうの。ちょっとお話を聞きたいんだけど、いいかな？」

「お兄ちゃんの？　ええと……べ、別にいいけど……」

ユミちゃんの視線は、私ではなく仏頂面のアセビの方に向いている。私が警戒心を解こうと頑張っているのに、こいつときたら。

「ああ、大丈夫大丈夫。この人、見た目はちょっとアレだけど危ない人じゃないから……多分……」

一般的に死神を自称する奴は危ない人に分類されるだろうけど、それはそれ。

ユミちゃんの態度が不服だったのか、アセビは唇を尖らせた。

「俺は別に用はない。話しにくいなら外で待つが」

「もう、怖がられたからって拗ねないの」

「気を遣ったんだよ……」

多少の一悶着を経て、私はユミちゃんのベッド脇の丸椅子に座り、アセビは壁にもたれて立つ形で落ち着いた。

最初は見ず知らずの私たち相手におどおどしていたユミちゃんだったけど、ツバサくんについて話し始めると、途端に声に活気が宿った。兄妹仲の良かった頃が想像できるようで、私の頬が緩む。床頭台には大小様々な石が置かれており、ツバサくんが集めてきたものだと一目で分かった。

話が両親との関係に及ぶと、ユミちゃんは床頭台の石を一つ手に取り、大事そうに胸元に抱える。

「……お兄ちゃん、そんなに私のことを心配してくれていたんだ。ちょっと前までは二人ともイライラしてる風だったけど、最近は全然そんなことないよ。このメロンパンも、さっきお母さんが買ってきてくれたんだ」

「じゃあ、お母さんともお父さんとも、今は何の問題もない感じ？」

私が期待を込めて訊くと、ユミちゃんは小さく頷いた。

「うん、やっぱりお兄ちゃんが川で流されて死んじゃったのがショックだったみたい。お葬式の日に泣きながら『これからはツバサの分まで家族みんなで協力して生きていこう』って言って、それからは毎日のようにお母さんが面会に来てくれているんだ。週末はお父さんも一緒に来てくれるの。お父さんとお母さんがあんなに仲良しになるところ、本当に久し振りに見たよ。お兄ちゃんにも見せてあげたかったなぁ……」

目を細めて語るユミちゃんに、嘘を言っている様子はない。親子関係が今後どう変化するかは未知数だが、ひとまずツバサくんに悪い報告をしなくて済みそうだ。

差し当たっての目的は達したが、私はもう少し踏み込んでユミちゃんに尋ねてみた。

「ユミちゃん、ツバサくんが事故に遭う前に何かあった？」

「えっ、何で？」

「死ぬ前のツバサくんが言ってたんだ。ユミちゃんがいつもより落ち込んでいるように見えたから、とびっきり綺麗な石を見付けて励ましてあげようとしたって。言いにくかったら話さなくても大丈夫だけど、ちょっと気になって」

余計な首を突っ込む真似かもしれないけど、私はどうしても気掛かりだった。ツバサくんも知りたがっているだろうし、こうしてユミちゃんと関わりを持った以上、私も他人事だと割り切れなかった。病弱な女の子が困っているなら力になりたいと思うのは自然な感情だろう。

ユミちゃんは掛け布団をギュッと握り、沈痛な面持ちで言った。

「……仲良しの看護師さんが、死んじゃったんだ」

私が壁際のアセビを見ると、アセビもまた私を見下ろしていた。

アセビの目は、余計なことに首を突っ込みやがって、とでも言いたげだ。気まずい思いでその視線から逃れ、私はユミちゃんの話に耳を傾ける。

「車椅子で中庭を散歩している時にね、どうしても悲しくなって泣いていたら、声を掛けてくれたの。チナツさんって人。『私もお仕事でいろいろ大変で、毎日泣きたいことばっかり。だからつらいことがあるなら何でも話して、今さら肩の荷が一つや二つ増えてもどうってことないから』って。それからお昼に時々お話をするようになったんだけど、別の看護師さんからチナツさんが急に倒れちゃったことを聞いて。チナッさんは笑っていたけど、もしかしたら私がいろいろ話したせいで心が疲れちゃったんじゃないかなって……」

私は何も言えなかった。軽い気持ちで訊くんじゃなかったと、今さらのように後悔する。流石に死人については力になりようがない。

すると、それまでずっと黙っていたアセビが、壁から背を離して口を開いた。

「その程度の根拠で、他人の死を自分の責任だと思い込むな。お前みたいな子供に他人の生き死にを左右する影響力があるなど、思い上がりも甚だしいぞ。仮にその通りだとしても、『自分に話せ』と言った以上はそいつの自己責任、それで片付く話だ」

言葉遣いは粗雑なものの、アセビなりにユミちゃんのことを慮って(おもんぱか)の発言だということは伝わってきた。チナツさんを扱き(こ)下ろすような言い草は頂けないが。

しかし、ユミちゃんの表情は尚(なお)も晴れない。

「でも、私が落ち込んでいたせいでお兄ちゃんは綺麗な石を探そうとして死んじゃったんでしょ？　それじゃあやっぱり……」

「よしよし、ユミちゃんは優しい子だね。大丈夫、そんなことないよ。誰が悪いわけでもない、いろんな運が少しずつ悪かっただけ」

私はユミちゃんを胸元に抱き寄せ、そっと頭を撫でた。ユミちゃんの小さな頭はすっぽりと収まってしまい、されるがままに身を委ねている。

私の腕の中で、ユミちゃんは泣きそうな声で切り出した。

「……私ね、本当は石、別にそんなに好きじゃなかったの」

ユミちゃんを撫でる私の手が、無意識に止まった。

口を噤む私とアセビに、ユミちゃんは贖罪のように話し続ける。

「ただ、お兄ちゃんが私を喜ばせようとして持ってきてくれるから、そのことが嬉しくて。たまに『流されそうになった』って笑いながら言うお兄ちゃんのこと、すごく心配だったけど、『もういいよ』って言ったらお兄ちゃんが面会に来てくれなくなる気がして。私とお兄ちゃんを繋いでくれたのはこの石たちだったから、なかなか言えなくて……でも、やっぱりちゃんと伝えておくべきだったんだよね」

ユミちゃんは私の胸元から離れると、コトンと石を床頭台に置き、遠くを見る目でそれを眺めた。

「綺麗な石より、お兄ちゃんが生きてくれることの方がずっと大事だったのにな……」

ツバサくんが待つ川原に着く頃には、既に陽は沈みかけていた。

行儀よく体育座りをするツバサくんに、私は意気揚々と報告する。

「……ということで、ツバサくんの死をきっかけにご両親は協力して支え合っていて、入院中のユミちゃんも平穏無事……ってのはちょっとおかしいかな……ともかく大きなトラブルはないということです！　よかったね、ツバサくん！」

言いながら私は、喜色を露に拍手した。ツバサくんはもう死んでしまったけれど、だからこそ喜ばしい報告は盛大に喜ばしく行わないと。

しかし、ツバサくんは私の話を聞いても、達観したような愛想笑いを浮かべるだけ。

「そっか……うん、それならよかった」

「あれ……？　ツバサくん、あんまり嬉しくなさそう？」

私は拍手の手を止め、所在無く頰を掻く。

「一応言っておくと、こいつの話は嘘じゃないぞ。死神は嘘はつかん」

アセビのフォローに、ツバサくんは緩やかに首を横に振った。

「嬉しくないわけじゃないよ。嘘だとも思ってない。でも……遅すぎるよ」

私とアセビはどちらからともなく顔を見合わせる。やっぱり、死者の未練を晴らすなんて無理があったんだろうか。

不安に苛まれる私に、ツバサくんは訥々と吐露する。

「分かんなかったんだ。好きで結婚したのに、どうしていつもあんな風に喧嘩するんだろうって。川で石を探すようになったのも、実はお母さんとお父さんが喧嘩してる家に帰りたくなかったからで。二人が仲良くしてくれれば、それだけで僕もユミも幸せだったのに……それなのに僕が死んだ途端に『家族は仲良くしなきゃね』って、そんな当たり前のこと、僕が死ぬ前に気付いてよ。このまま誰からも忘れられて一人で天国に行くなんて嫌だよ……」

ツバサくんの瞳から、雫が一つ滴る。実体を持たないそれは、地面に落ちると同時に消滅してしまう。涙痕一つ残すことすら、死者には許されない。

ツバサくんは目元を袖で拭い、気丈に笑った。

「でも、もういいや。僕が死んだお陰で、ユミもお母さんたちも平和に過ごせているんだよね。それが分かっただけでも、よかったよ」

全てを諦めたような笑顔が、ひどく心苦しい。このままじゃいけないという確信はあるのに、具体的に何をしてあげればいいのか全く分からない。

何とかしてあげられないのかな、と藁にも縋る思いでアセビを振り返ったが、アセビはいつの間にか大鎌を生み出して肩に担いでいる。既にツバサくんを冥界に送るつもりでいるようだ。

「おい、もう文句ないよな？　こいつを送るぞ」

止める言葉も思い浮かばず、私が立ち尽くしている間にも、アセビは一歩ずつツバサくんに歩み寄って行く。今度のツバサくんは恐れたり戸惑ったりすることもなく、じっと川原に座ってアセビの審判を待っている。

アセビが大鎌を振りかぶり、ツバサくんが膝を抱える手に力を込めた瞬間、私は我知らず口を開いた。

「……ダメだよ」

「何？」

アセビは大鎌を構えたまま、怪訝な声を上げる。

一度口を衝いて出ると、後は早かった。私は二人の間に割って入り、縮こまるツバサくんを叱咤した。

「ダメだよ！　そんな後ろ向きな気持ちで成仏するなんて、絶対ダメ！」

二人が呆気に取られている間に、私は靴と靴下を脱ぎ、脇目も振らず川に飛び込んだ。制服のスカートに水が跳ねたが、私は気にも留めなかった。

私の突然の奇行に、ツバサくんとアセビは目を丸くしている。

「おっ、お姉ちゃん!?」

「おい、いきなり何すんだ！」

二人が何と言おうと、やめる気はない。

私は川底を浚い、手に触れた石を持ち上げて見せた。

「探そう！　とびっきり綺麗な石！　約束したんでしょ!?　じゃあ、約束通りユミちゃんに届けてあげなくちゃ！」

ツバサくんは暫し呆気に取られていたが、やがて立ち上がって力強く頷いた。

「……うん！」

それはツバサくんが初めて見せた、子供らしい純粋な笑顔だった。

川で右往左往しながら一喜一憂する私たちを、取り残されたアセビは唖然と眺めるばかりだったが、やがて諦めたように大鎌を手放して石探しに加わった。

「全く、お前は勝手なことばっかりする……」

面会時間ギリギリに滑り込み（水浸しということもあって看護師さんにものすごく怒られた）、ユミちゃんに石を渡し終えた頃には、すっかり陽が暮れてしまっていた。

本物の宝石と見紛うような薄翠色に光る石を見付け、『ツバサくんから託された形見』と言って届けた時、ユミちゃんはそれを胸元にしっかり抱き留めていた。目には涙が浮かんでいたけど、決して悲哀によるものではなかった。

石探し初心者の私は悪戦苦闘を強いられたけど、心の中は達成感で満ちていた。いつも仏頂面のアセビも、心なしか穏やかな表情をしているように見える。

「ユミちゃん、すごく喜んでたよ！　お兄ちゃんのこと、ずっと忘れないって！」

「心配しなくていい。向こうはこっちに比べれば殺風景だが、少なくとも理不尽でひどい所じゃない。慣れればむしろ住み心地がいいくらいだ」

大鎌を構えるアセビを、今度の私は止めなかった。やることは全てやり切った。きっとツバサくんも、心残りなく旅立ってくれるはずだ。

ツバサくんは暗がりでもはっきり分かるほど顔を綻ばせ、丁寧に頭を下げた。

「お姉ちゃん、お兄ちゃん、ありがとう。死んだのは残念だけど、最後に一緒に石を探すことができて、すごく楽しかったよ」

その時、ツバサくんの全身がキラキラとした光を放ち始めた。私はもちろんのこと、アセビまでもがツバサくんの異変に目を見張っている。

ただツバサくん一人だけ、これから何が起こるか分かっているかのように、穏やかに目を閉じている。光が薄れ行くと共に、ツバサくんの体の輪郭もぼやけ――やがて一本の細い光の柱と化したのを最後に、ツバサくんは跡形もなく消え去った。

残されたのは、暗闇と静寂。大鎌を下ろしたアセビは、ツバサくんが居た場所を凝視し、不可解そうに独り言ちる。

「魂が自発的に冥界に旅立った……？」

アセビにも想定外らしいその事態が、私には不思議と理解できた。

「そっか……何となく分かった気がするよ、私がこの仕事を任された理由」

私はアセビが持つ大鎌を見下ろし、持論を呈した。

「アセビ、あんたこれまでろくすっぽ幽霊と話をせずに、この鎌で問答無用に魂を送り続けてきたんでしょ？　だけど、多分それじゃダメだったんだよ。鎌を使うのはあくまで最終手段で、本当は幽霊の未練を晴らしてあげて、自発的に冥界に旅立たせてあげなきゃダメだったんだよ」

憶測に過ぎないけれど、私には確信があった。ただ鎌を振るって魂を冥界に送るだけなら、死者と生者が接触できるライセンスなんてものは必要ないはずだ。当のアセビがそれを知らなかったことには多少違和感があるが、まぁ仮に知っていてもデリカシーのないこいつにはできなかっただろう。大鎌に頼りすぎて忘れていただけかもしれない。

アセビは大鎌をじっと見つめ、ややあってそれを夜闇に消し去った。

「……なるほどな、確かに一理あるかもしれん」

素直に認めるアセビが可愛く思え、私は会心のしたり顔で胸を張った。

「ふふーん、もっと尊敬してくれてもいいけど」

「調子に乗るな」

先ほどの意趣返しのように、アセビは平手で私の頭をすっぱ抜く。

まだ一つの魂を送っただけだけど、ツバサくんの『ありがとう』という言葉が、私に自信と勇気を与えてくれた。

3章　女と男

　翌日、学校帰りの死神仕事の前にリュウスケくんのお見舞いに行くと、今日は運良く起きている時間に会うことができた。

　私は挨拶もそこそこに、声を弾ませてリュウスケくんに報告する。

「リュウスケくん、聞いて！　良いニュースだよ！　ひょっとするとね、リュウスケくんの体が元に戻るかもしれないの！」

　私の言葉を聞き、リュウスケくんの表情がパッと明るくなった。

「そうなの？　凄腕のお医者さんが見付かったとか？」

「い、いやぁ、そういうのとは違うかな。こう、リュウスケくんの魂をアレしてこうするみたいな……」

　私が頭を掻きながらボソボソと答えると、リュウスケくんは途端に心配そうに眉根を寄せた。

「……シオリちゃん、変な宗教とか似非医療とかに騙されないでよ？」

「や、やだなー、私がそんなのに引っ掛かるわけないじゃん……ないじゃん……」

精一杯気丈に振る舞う私だが、その実態は死神仕事の手伝いの報酬なのだから、事情を知らないリュウスケくんからすれば似たり寄ったりだ。その報酬が支払われる保証なんてのも何もないわけだし。

私の内心の動揺はあっさり見透かされたらしく、リュウスケくんは困ったように笑った。

「気持ちは有り難いけど、僕のことは気にしなくていいから、シオリちゃんもあんまり無理しないでよ」

一番つらくて大変なのは自分の方なのに、リュウスケくんはどこまでも自分より私のことを慮ってくれている。そんな彼だからこそ、私は俄然やる気になれるんだ。

「大丈夫大丈夫！　とにかく、リュウスケくんは大船に乗ったつもりでいてよ！　私に任せて、今は安心して体を休めて！」

私は胸をどんと叩き、自信満々に言った。仮にアセビが約束を反故にするようなら、この拳で鼻をへし折ってくれるわ。

リュウスケくんに別れを告げ、私は昨日と同じ待ち合わせ場所に赴く。今日はアセビが先に待っていた。

私が到着すると、アセビは開口一番尋ねてくる。

「お前、毎日のようにリュウスケの見舞いに行っているが、お前とあいつは仲が良いのか？」

「仲が良いっていうか、恋人同士ですけど」

私は唇を尖らせ、『恋人同士』を殊に強調して言った。未だに私とリュウスケくんの関係性を理解していないって、どんだけ鈍感なんだ。

しかし、私の答えを聞いてもアセビは不可解そうな表情のままだ。

「だが、リュウスケは今はほとんど起きられないんだろう。人間の医療による完治の見込みも薄い。そんな男とどうして付き合い続けているんだ」

「どうしてって、そんなの当たり前でしょ！」

薄情極まるアセビの疑問に、私は思いっきり憤慨した。

当のアセビはと言えば、なぜ私が憤慨したのかも理解できていない様子だ。

「何が当たり前なんだ？　今のあいつは病院の外に出ることもできないんだ。寝たきりの男よりも付き合うのに相応しい奴は、いくらでもいるはずだろう」

「はぁ～、これだから死神は……」

私は頭に手を当て、芝居掛かった仕草で頭を振った。死神というのはこんなノンデリ野郎ばっかりなんだろうか。

私はアセビにも分かるように、教師になった気分で懇切丁寧に説明する。

「あのね、人の愛情ってのは、怪我したとか病気になったとか、そんなことで簡単になくなるものじゃないの。中にはそういう人もいるけどね、そんなのは偽物なの。健やかなる時も病める時も支え合う、つらい時こそ寄り添う、そして見返りは求めない……そういう無償の善意のことを、本物の愛って言うんだよ」

言葉にしながら、私はちょっとだけむず痒い気分になった。真面目な文脈で愛を語るのは結構恥ずかしい。

照れる私に対してアセビはどこまでも真顔で、何だか損した気分になってしまう。というか、一周回って腹立たしくなってくる。

「よく分からないが、お前がそうするだけの価値があいつにあるってことか？」

「だからー……まぁ、ニュアンスはアレだけど、大体そんな感じ」

私は妥協して力無く頷いた。打算的なアセビに人間の愛を理解させるのは土台無理そうだ。

アセビは指で顎をなぞり、興味深そうに訊いてくる。

「じゃあ、具体的にあいつにどんな価値があるんだ？　無償の愛と言ったが、お前はどうしてそこまでリュウスケに入れ込むんだ？」

よくぞ聞いてくれました。私は指を折りながら、彼の素敵な所を列挙する。

「まずね、リュウスケくんはね、すごく優しいの。みんな嫌がるような仕事とか手伝いを率先して受け持ってくれて、しかも嫌な顔一つしないでだよ。へにゃって笑った顔が可愛くて、でも真剣に授業を受けている所はキリッとしていて、しかも睫毛が女の子みたいに長くてすごく綺麗な横顔で、そのギャップがまた堪らないっていうか。それにリュウスケくんは頭がすごく良くて、将来は地元のために働きたいっていう立派な目標もあって……」

「ああ、もういい。長くなりそうだ」

アセビは鬱陶しそうに片手を振って遮ると、さっさと歩き去ってしまう。

自分から質問した癖に何だ、その言い草は。私はアセビの背後で、バレないようにベッと舌を出してやった。

今日、私たちが送る二人目の魂は、小さな公園にいた。

ロングヘアとフレアスカートという外見から女性であることは分かったが、ベンチに深く腰掛けて項垂(うなだ)れているため、その表情は窺(うかが)い知れない。気分が相当沈んでいることだけは遠目にも明白だから、率直に言ってかなり話しかけづらい。

それでも、足元の魄束は彼女が迷える魂であることを示しており、放っておくわけにもいかない。

私はアセビと目配せを交わし、慎重に切り出した。

「あ、あのう……ちょっとお時間よろしいですか？」

「……何」

女性は座ったまま、上目遣いにこちらを睨んできて、私の足が竦んでしまう。

年齢は三十歳前後といったところだろうが、判然としない。顔立ち自体は若々しく見えるものの、荒れた肌や髪に目元の隈、何より険しい表情のせいで、いやに老けているような印象も受ける。

敵意を剝き出しにする女性に、私は精一杯の愛想笑いで接触を試みる。

「そのー、私たち、あなたにお話を伺いたいんですけどぉー……」

皆まで言わせず、女性は腕を振り回して私を追い払おうとしてきた。

「誰よ、あなたたち！　話すことなんて何もないわよ！　どっか行って！　私に関わらないで！」

「わー、荒れてるなぁー……」

腕の届かないところまで下がり、私は渋い気持ちで頭を掻いた。前回が大人しいツバサくんだったから失念していたけど、自分が死んで現世に残っているなんて状況、そりゃ取り乱す方が普通か。

どうしたものかと手をこまねいていると、アセビもまた眉間に皺を寄せている。

「……まずいな。こいつ、半分怨霊に成りかけている」

「怨霊？」

そういえばツバサくんの時もそんなワードが飛び出していたっけ。

アセビの視線を辿り、私は女性の足元を見た。ツバサくんの魄束は綺麗な銀色だったが、彼女のそれは黒っぽくくすんでいる。何となく、強い力を加えたら砕けてしまいそうな頼りなさを感じる。

「この人の魄束……もしかして錆(さ)びてる？」

「ああ、それもかなりな。昨日の話、覚えているか？ 現世に留まる魂は、原則として一箇所から動くことができないが、例外が一つある。魄束を壊して怨霊に身を奪(やつ)すことだ」

バサバサの髪の隙間からこちらを睨む女性を、アセビは哀れむような目で見返している。

「現世に留まる死んだ魂は、基本的にヒトやモノと関わることができない。だから正の感情を得ることができず、負の感情だけが蓄積されていくんだ。それが極限まで蓄積されると、最終的に自らの善性である魄束をも破壊して現世を徘徊し、手当たり次第に害を為す怨霊になる。そうなる前に送るのが俺たち死神の仕事なんだよ」

「そっか、じゃあ無害に見えたツバサくんも、あのまま放っておいたらまずかったんだね」

考えてみれば当然か。いかに妹想いのツバサくんだって、何ヵ月も何年も川辺で石探しばかりしていたらおかしくなるに決まっている。

アセビは私に視線をよこし、忠告を兼ねて尋ねてくる。

「どうする？　今ならまだ俺の鎌で簡単に送れるが、怨霊化したらそれも分からんぞ」

「ダメだって、鎌は最終手段。魄束がまだ繋がっているってことは、この人にはまだ善性が残っているってことでしょ？　まずは話を聞こう」

私はそう結論付けるや、敵意がないことを示すために両手を軽く挙げ、ゆっくりと女性に近付いた。

「安心してください、私たちは敵じゃありません。ちょっとお話がしたいだけなんです」

しかし、やはり女性は恐慌状態から戻ってくれない。

ベンチから立ち上がり、積年の恨みをぶつけるように、私たちに金切り声を上げてくる。

「知ってるわよ！　あなたたち、私を殺してあの世に送ろうとする死神でしょ！　勝手にすればいいじゃない！　ドクターからも師長からもいびられて、挙句にカズヒロにも捨てられて、こんな私なんかもう何の価値もないのよ！」

言葉と裏腹に、女性は腕を振り回して私を近付けようとしない。混乱して自分でも何を言っているのか分かっていない様子だ。

躊躇（ためら）ったのは一瞬だった。一瞬の隙を突き、私は彼女との距離を詰める。

「おい、危ないぞ！」

アセビの警告も無視し、私は彼女の肩を両手で摑（つか）み、ベンチに強引に座らせた。

私と女性の視線が間近で交差し、女性は放心状態で目を瞬（しばたた）いている。

彼女を安心させるべく微笑み、私ははっきりと言った。

「お話を、しましょう」

「……うん」

半ば条件反射のようだったが、女性は素直に頷いてくれた。

ひとまずの危機を脱し、アセビは溜息交じりに呟く。

「……ったく、お前の方こそ話聞いてんのか」

私は女性の隣のベンチに腰を下ろし、同じ目線で尋ねた。

「私はシオリ。あなたのお名前は？」

女性は目を合わせるのが苦手なのか、膝の上で握った両手を見つめて答えた。

「……チナツ……」

「そう、チナツさん……えっ？」

躊躇いがちに告げられた名前は、折しも聞き覚えのあるもので、私は目を丸くした。

さっきの〝ドクター〟や〝師長〟という発言、チナツという名前、ひょっとして。

「あの、つかぬことを伺いますが、チナツさんってもしかしたら……」

「えっ？」

　奇遇にもチナツさんは、ユミちゃんがよくお話ししていたという例の看護師さんだった。ユミちゃんたちと知り合いであることを知ったチナツさんはすっかり心を開き、二人で彼女との思い出話に花を咲かせた。担当の病棟こそ違っていたが、チナツさんにとってもユミちゃんは妹のように可愛がっていた患者だったようだ。

話がツバサくんの死に差し掛かると、チナツさんは悲しげに目を伏せた。

「そう、ユミちゃんのお兄ちゃんがね……二人ともすごく兄妹思いの良い子だったのに、そのせいで死んでしまうなんて、世の中は残酷なものね」

「はい。それで、死んだツバサくんの魂が現世に留まっていたから、昨日私たちがお話しに行ったんです。ツバサくん、最期は未練が無くなって、自発的に冥界に旅立ってくれました」

私は姿勢を正し、本題に移る。

「だから、信用してくれませんか？　私たち、チナツさんの未練を晴らす協力がしたいんです」

チナツさんはベンチにもたれて青空を仰いだ。スカートなのに豪快に脚を組んでいてハラハラさせられるが、まぁ幽霊ならセーフか。

「未練、ね……別にいつ死んでもいいと思っていたけど、いざ死んじゃうとこんな風に惨めったらしくこの世に居座ろうとするんだから、笑っちゃうわよね」

「笑いませんよ。自分の気持ちって、案外自分でも分からないものじゃないですか」

自虐するチナツさんを、私はそうフォローした。もちろんチナツさんを励ますためだが、同時に偽りのない本心でもある。

手近な木にもたれ、アセビがチナツさんに尋ねた。

「死因は何だ？　随分若く見えるが病気か、それとも事故か？」

「酒よ、急性アルコール中毒。仕事柄、飲まなきゃやってられなくてね」

チナツさんは肩を竦めて答えた。整っているのに全体的に荒れた外見をしているのも、お酒の魔力がもたらしたものなのだろうか。

「じゃあチナツさんの未練は、看護師のお仕事に関することですか？」

私の質問に、チナツさんは突然両手を叩いて哄笑（こうしょう）した。

「仕事なんて！　あのクソドクターとクソ師長とクソ患者から解放されて、むしろせいせいしているくらいよ。生まれ変わったらもう二度と看護師なんて目指さないわ」

「えぇー……？」

私はとてもチナツさんのように笑う気にはなれなかった。いつもナースステーションで愛想よく挨拶してくれたり、ユミちゃんやリュウスケくんのような患者を甲斐甲斐（かいがい）しくお世話してくれたりする白衣の天使に、こんな本音が隠されていたなんて。

私の反応を楽しむように、チナツさんは饒舌（じょうぜつ）に語り始める。

「私は貧乏長屋生まれでね、手っ取り早く手に職付けたかったから看護学校に入ったけど、体を壊したら元も子もないわ。お給料は確かに悪くなかったけど、肉体労働と汚物処理で体も心もやられるし、みんないつもピリピリして気が立っているし、ドクターとナースの人間関係はドロドロだし、モンスター患者とその家族なんてのも日常茶飯事だし、それはもうやりがいとは名ばかりの地獄だったわね。そりゃあ人の命を預かっているわけだから、常に気を張っていなくちゃいけないのはその通りだけど、限度ってものがあるわ」

一旦言葉を切ると、ベンチの背もたれで器用に頬杖(ほおづえ)を突き、深い溜息を吐いた。

「あの日は私が夜勤で、救急外来に脳梗塞の患者が運ばれてきたの。アルテプラーゼ……血栓を解消する薬を処方して、一旦は症状が落ち着いて入院対応になったんだけど、私が準備したベッドサイドモニターが故障していたみたいで、夜勤明けで帰った後に電源が切れたらしいのよ。原因は分からなかったけど、多分他の看護師が不注意で壊したのを報告せずに放置していたんだと思う。医療機器の修理は高く付くからね。それで容態急変に気付くのが遅れて患者は死亡、直接対応した副師長の私はインシデントやら機材管理責任やらを全部引っ被(かぶ)せられて停職処分……『やってられるか』って浴びるように自棄酒(やけざけ)を飲んだら、急性アル中でこのザマよ」

「それは……ご愁傷様です」

私は儀礼的にそう言うのが精一杯だった。部外者の私が何を言ったところで気休めにもならないだろうし、チナツさんもそんな言葉が欲しいわけじゃないだろうし。

とにかく、そういうことなら未練はもう一つの方か。

「ってことは、チナツさんが気掛かりなのは、さっき言っていたカズヒロさんに関することでしょうか？」

「ええ。カズヒロとはこの公園で出会ったの。私、気分転換によく外でお酒を飲んでいたんだけど、カズヒロはこのベンチで行き倒れみたいに寝てたてね。飲み相手がいなかったからお酒を奢ってみたら面白い話をしてくれるし、顔も好みだったから、酔った勢いで家に連れ込んだのよ」

「チナツさん、結構肉食系ですね……」

どんどんチナツさんの人間性が明るみになり、私は何とも言えない気分になってしまう。女性が見ず知らずの男性を家に連れ込むのは相当危険な気がするが、それほど擦れていたということだろうか。

そんな私の懸念もどこ吹く風、チナツさんはむしろ楽しい思い出を語るように目を細めている。

「私の住んでいた部屋は無駄に広かったし、仕事で家を空けがちにしていたから、そのまま済し崩し的にカズヒロはウチに入り浸るようになったわ。家に帰るといつもカズヒロが迎えてくれて、映画を見たり晩酌に付き合ってもらったり」

「あの、気を悪くするかもですけど、カズヒロさんってニートでは……？」

「ダメ男と付き合っている自覚はあったわよ。でも、別にそれはよかったの。私もカズヒロも、依存する相手が欲しかったっていう意味で、お互いの利害は一致していたわけだから。使う暇がなくてお金も無駄に貯まっていたしね」

自嘲気味に微笑みながらそう言われてしまえば、私としては閉口するより他ない。

再び口を開いたチナツさんは、瞳に物悲しげな色を湛えていた。

「だけどね、私が死ぬちょっと前から、カズヒロの様子がおかしかったの。これまでそんなことなかったのに、夕方まで家を空けたり、スマホで誰かと連絡を取っている風にしていたり。理由を訊いても全然教えてくれないし、つっけんどんな態度を取るようにもなって。結局分からず仕舞いだったけど、多分新しい女を作っていたんだと思う」

「さっさと追い出さないからそんなことになるんだ」

「そう簡単にもいかないのよ、三十路を控えた女にとってはね」

アセビの非難を、チナツさんはばっさりと切り捨てた。

アセビの言葉は正論だけど、私にはチナツさんの気持ちも理解できた。多忙で心を病みがちなチナツさんにとって、家に居て自分を肯定してくれるカズヒロさんは心の防波堤だったのだろう。

ともかく、今回の要点は概ね掴めた。私は両手を合わせ、総括する。

「つまり、チナツさんの未練は、死ぬ前に怪しい行動を取っていた彼氏さんについてなんですね。ひょっとしたら浮気していたんじゃないかって」

「まぁ、大体そんな感じ。浮気が分かったところで今さらどうしようもないし、こうして話しただけでも大分スッキリしたけどね」

その言葉通り、チナツさんは初対面の時より大分落ち着いているが、成仏できていないということはやはり心残りになっているということだろう。

私は意気揚々と立ち上がり、チナツさんに宣言した。

「分かりました、事情聴取は私たちに任せてください。大丈夫ですよ！　カズヒロさんが家を空けがちにしていたのは、きっと何か事情があったからです！　浮気なんてしてたら、責任持って私がぶっ飛ばしてきますよ！」

「頼もしいわね、ありがとう」

私を見上げるチナツさんの瞳は、眩(まぶ)しいものを見るようなそれだった。

「一つ、死神の先輩としてアドバイスだ」

公園を出てチナツさんの姿が見えなくなった辺りで、アセビは出し抜けにそう口火を切った。

何の気なしに顔を向けた私に、アセビは淡々と忠告してくる。

「魂に寄り添うのは結構だが、安請け合いはするな。望みを叶えられなかった場合や、事実が期待したものと異なった場合、傷心の魂を余計に傷付けることになる。優しい言葉を掛けるだけが相手に寄り添うことだと思うな」

「それは、まぁ……その通りかもしれないけど」

別れ際にチナツさんに言った言葉を思い出し、私は歯切れ悪く答えた。アセビの言う通り、もしカズヒロさんがただの女遊び好きだったら、どんな顔で報告すればいいか分かったものじゃない。適当な嘘をつくことも私にはできるけど、なるべくしたくない。

閉口する私を横目で眺め、アセビは鋭く問うてくる。

「前回も今回も、真っ当な解決の見込みがあったからいい。だけどもし今回、『自分を捨てた男に復讐してほしい』と依頼されていたら、お前はどうするつもりだったんだ？」

続けざまに痛いところを突かれ、私はすぐに答えることができなかった。

それは心の片隅で抱いていた、そして半ば放置していた懸念だった。自分を殺した人間や、生前ひどい仕打ちをした人間を懲らしめてくれ――そんな風に希われた時、私は何と答えればいいのか、確たる答えは未だに持てていない。

無言の時間がしばらく続いた後、私は考え考え言葉を紡ぐ。

「……にっちもさっちも行かなければ、アセビの鎌に頼ることになったと思う。どんなひどい仕打ちを受けていたとしても、私たちが代わりに復讐するわけにはいかないし。だけどやっぱりギリギリまで話し合って、他の解決策を探って、復讐以外のことについてはできる限り尽くしてあげたいと思うよ」

甘い考えだと言われようとも、それが私の素直な気持ちだった。皮肉や叱責の一つくらいは覚悟していたが、予想に反してアセビは何も言わない。

私は手を翳し、透き通った秋の高い空を見上げて呟いた。

「だって、最期に望むのが大切な人の幸せじゃなくて嫌いな人の不幸だなんて、そんなの悲しすぎるじゃん」

私とアセビはチナツさんの情報提供に従い、チナツさんとカズヒロさんの行き付けだったバーや居酒屋を片っ端から回ることになった。

特徴は明るい茶髪と太めの眉毛、右耳に空いたピアスということだったが、心当たりが酒場だけでは少々心許ないと私は思っていた。いくら酒好きだからって毎日飲むわけでもないだろうし。

数日、或いは数週間の長期戦は覚悟の上だったが、捜し人は呆気なく見付かった。三軒目に入った大衆居酒屋で、私とアセビが店員に断りを入れて中を捜してみたところ、ボックス席に座る男性の後ろ姿が目に留まった。茶髪とピアス、チナツさんが言っていた特徴と合致している。

カズヒロさんと思しき人は、男女四人グループで酒の席を囲んでおり、忍び寄る私たちに気付かない。

「カズヒロくんの、ちょっといいとこ見てみたい！」

「はい飲んじゃってー飲んじゃってーやっちゃってー！」

コールに合わせて茶髪の男性はジョッキに入った琥珀色のドリンクを一気飲みし、仲間たちが囃し立てる。

「おーっ、カズヒロくんかっけぇー！」

「へへっ、こんなの水みたいなもんっすよ」

カズヒロさんは勝利宣言よろしくジョッキを叩き置くと、隣に座っていた黒髪の女性を抱き寄せてキスした。対面に座る男女二人は、突然のカズヒロさんのキスにテンション爆上がりの様子だ。

カズヒロさんと女性の顔が離れた瞬間、私は残る距離を駆け足で詰め、カズヒロさんの後頭部に張り手をお見舞いした。

「この浮気者ぉぉぉ――――！！！」

私の怒号が居酒屋に響き、カズヒロさんは私に殴られた勢いでテーブルに思いっきり額を打ち付けた。

カズヒロさんは即座に顔を上げ、女子高生の私を見て目を白黒させる。突然の闖(ちん)入(にゅう)者に他の三人も唖然とした様子だ。

「なっ、何だよ、お前!?」

私はカズヒロさんの質問も聞かず、胸ぐらを摑んで思いっきり揺さぶる。

「どういう了見よ、あんなに甲斐甲斐しく養ってもらっておきながら陰で新しい女を作るなんて！　最低！　最悪！　女の敵ぃ！」

「シオリ！　落ち着けって！」

アセビが私の手首を掴み、カズヒロさんから引き剝がそうとする。

カズヒロさんの隣に座る女性は、私と彼を見比べ、低い声で問い質す。

「カズヒロ……？　この子、誰……？」

「ま、待てって！　これは何かの誤解で……」

それから両者が完全にクールダウンするまで、たっぷり三分以上がかかった。

私とアセビはグループの厚意に甘え、ボックス席に同席させてもらう運びになった。

私とアセビが代わる代わる経緯を説明すると——私たちの身分は『チナツさんの親族から依頼を受けた探偵』ということにした——カズヒロさんは頭をガリガリと搔きながら説明した。

「チナツ、一時期やけに情緒不安定だと思ってたけど、そんなこと疑ってたのかよ……俺が出掛けたり連絡を取ったりしていた相手ってのは、今働いている楽器屋のことだよ。バイトを始めようと思っていたんだ」

「な、なぁんだ……じゃあ、浮気していたってわけじゃなかったんですね」

私が安堵の声を上げると、カズヒロさんは呆れ顔で溜息を吐く。

「当たり前だろ……俺は確かにダメ人間だけど、クズになったつもりはないぞ。家に置いて養ってくれたチナツを裏切れるわけないだろ」

　言われてみればその通りだ。ヒモ男と聞いていたから身構えていたけど、割合まともな感性は持ち合わせているらしい。考え無しに張り手をお見舞いしてしまった事実に、私は縮こまって反省する。

　委縮した私に代わり、アセビが不思議そうに尋ねた。

「どうしてそう説明しなかったんだ？　ヒモ男が働こうとしているんだから、疚(やま)しいどころか歓迎されただろう。誤解だってされずに済んだはずだ」

「あぁ、それはな……チナツは結構束縛が強い女でさ。『カズヒロは私がいなきゃ何もできない』とか『どうせコンビニバイトじゃ大して稼げもしないんだから』とか、口癖みたいに言って、いつも家に置こうとしていたんだよ」

「えぇー……？」

　カズヒロさんの答えを聞いた私は唖然とさせられた。確かにヤンデレっぽい人だとは話していて思ったけど。

　よほど印象に残っているのか、カズヒロさんの口調には重々しさが宿っている。

「そりゃ看護師のチナツに比べたら、俺がバイトで稼げる金なんてたかが知れているけどさ。毎日しんどそうな顔をして仕事に行くチナツを見ている内に、だんだんこのままでいいのかって思うようになって。でも相談したら反対されるって分かってたから、隠れてこっそりバイトの面接を受けたんだ。チナツ、多分俺との時間が減って、俺がバイト先で浮気とかするんじゃないかって疑ってたんだと思う」

「それは……まぁ、あるかもしれないですね……」

チナツさんの話の中にも、院内の人間関係がドロドロだという言及がされていた。チナツさんの性格も考慮すると、そのような疑心暗鬼に陥っていてもおかしくない。

私はポンと手を叩き、話を総括した。

「ま、まぁとにかく！　カズヒロさんはチナツさんの負担を軽くしてあげたくて、それでこっそり働こうとしていたわけだったんですね。新しい彼女さんとは、チナツさんが亡くなった後にバイト先で結ばれたと」

「そりゃな、無職の男と付き合いたがる女なんてそうそういねぇし」

カズヒロさんが自嘲気味に言うと、彼女さんはじっとりとした目でカズヒロさんを見据える。

「私、そんな話、初めて聞いたんだけど……」

「言えるわけないだろ、死んだ元カノの話なんて……」

カズヒロさんは言い訳のようにボソボソと答えた。

ともかく、聞きたいことは聞けた。これ以上長居して新しい修羅場に巻き込まれるともない。私はアセビに言い、立ち上がった。

「よし、チナツさん……のご親族の所に戻ろう、全部ただの誤解だったたって」

「……いや、どうだろうな」

しかしアセビは口元に手を当て、何やら考え込んでいる。

ややあってアセビはカズヒロさんに向き直り、問い質した。

「なあ、お前、チナツに感謝していたというのは本当か？」

「ああ、死んだのは俺にとっても残念だよ」

カズヒロさんは即座に頷いた。表情も真剣で、嘘を言っている風ではない。

アセビは立ち上がり、カズヒロさんにとある提案を持ちかけた。

「そうか。じゃあ、供養と言ったら何だが、最後に一つ頼まれてくれないか？」

カズヒロさんは浮気していたわけではなかった。チナツさんを支えるべく働こうとしていたのであり、チナツさん亡き後も自立して生きている。話を聞けばチナツさんもきっと喜ぶだろうと、私はそう確信していた。

それなのに、報告を受けたチナツさんは、やけに思い詰めた表情で呟いた。

「……そう。カズヒロ、私がいなくても、ちゃんと生きてるのね……」

「あ、あれ……チナツさん、あんまり嬉しくなさそう？」

嫌な予感がする。この展開、昨日もあった気がするぞ。

おずおずと私が尋ねると、チナツさんは口元に手を当てて考え込む。

「そんなこと……いえ、そうなのかもしれないわね。私、心の奥底では、カズヒロには私無しでは生きられないでほしかったんだと思う」

「えぇー……？」

私は顎が落ちそうなほどに口をあんぐりと開けた。確かにカズヒロさんから束縛が強いとは聞いていたけど、まさかここまでなんて。

自分自身に幻滅するかの如く、チナツさんは額に手を当てて俯く。

「病んでるわよね。自分でも分かってる。私、昔っから男運が悪くて、精一杯尽くしているつもりなのに『重い』とか『そういうのいいから』とか言われて別れを告げられて。重いって何よ、好きで付き合ったんだからいろいろしてあげたくなるのは当然じゃない。それなのに男たちはどんどん新しい女を作って離れて行って……」

その言葉で、私はようやくチナツさんという人間の一端を理解した。

チナツさんはダメ男に引っ掛かったわけじゃない。ダメ男と付き合うことこそを望んでいたのだ。経済的に自立していない相手であれば、チナツさんに頼らざるを得なくなるから。

チナツさんは溜息を吐き、寂しげに声を潤ませた。

「私は特別な存在になりたかったの。誰かにとっての特別に。だけど私は、仕事でもプライベートでも、所詮は替えの利くエキストラでしかなかったのよね……」

察するにユミちゃんの相談に乗ってあげたのも、チナツさんが心の隙間を埋めるためにやったことだったようだ。ユミちゃんにとって特別な人間になるために。

私は何も言えなかった。この歪んだ愛情が平穏な決着を迎える未来が、とても想像できなかった。

藁にも縋る思いでアセビを振り返ると、アセビは思いのほか涼しげな表情で佇んでおり、苦悩するチナツさんに言ってのけた。

「だったら、そう言ってやれ」

アセビの言葉の意図を、私もチナツさんもすぐには理解できずにいた。

自分を凝視するチナツさんに、アセビは地面を指差して続ける。

「今夜二十時、あいつがここに来る。そこで思いっきり、溜まりに溜まった不満や不平をあのダメ男にぶちまけてやれ」

アセビの言葉には、チナツさんより私の方が機敏に反応させられた。

アセビに駆け寄り、大慌てで耳打ちする。

「ちょ……ちょっとアセビ、そんなことのためにカズヒロさんを呼んだの？　いいの、そんなことして？」

確かにアセビはカズヒロさんの元を去る寸前、この公園に来るように指示していた。チナツさんの未練を晴らすための策だとは思っていたけど、まさかこんな力業だったなんて。

私の非難に対し、アセビは悪びれる素振りもなく平然と応じる。

「別にいいだろ。どうせ向こうに声は聞こえやしねぇんだ、それでこいつの気が済むなら安いもんだろ。奴を働いて養ってきたこいつには、それくらいの権利はある」

「そっか、そういうことなら……」

私は安心した。ライセンスを貸して直接やり取りさせるということじゃなければ、チナツさんにカズヒロさんが近付くことで何か悪影響が及ぶわけでもないようだ。

私は俄然乗り気になり、チナツさんに提案した。

「だったら、やりましょう！　チナツさんが死んだからってすぐに新しい恋人に乗り換えるような奴なんて、やっぱり女の敵ですよ。敵！」

「……あなたたち、可愛い顔してなかなかえげつないこと考えるのね」

呆気に取られていたチナツさんもまた、悪巧みをする子供のような表情で口の端を吊り上げた。

「ありがとう。実は私も、カズヒロにはいろいろ鬱憤が溜まっていたところなの」

カズヒロさんが彼女を連れて公園にやって来たのは、約束の二十時を十分ほど過ぎた頃だった。

足取りを見るに相当酔っている様子で、公園に着くやベンチに深く腰掛けてしまった。保険を掛けて彼女さんの同行をお願いしたのは正解だったかもしれない。

ベンチの上で伸びをし、カズヒロさんは眠たげに訊いてくる。

「んー、こんな所に何があるってんだよぉ……」

「すみません、ちょっとお話を聞かせてほしくて……彼女さんごめんなさい、変なことに付き合わせてしまうようですけど」

「まぁ別に、今夜限りって言うなら……」

彼女さんは仏頂面で髪を指先で弄りながらも、そう承諾してくれた。

私は二人をこの場に留める意味も含め、世間話の体でカズヒロさんに尋ねる。

「カズヒロさんって、この公園のベンチで行き倒れていて、チナツさんと出会ったんですよね。どうしてそんなことになっていたんですか？」

「あのハゲマスターのせいだよぉ。ちゃんと働いていたのにぃ、追い出されてぇ、金が無くてぇ……」

酔っていて要領を得ないカズヒロさんに代わり、事情を知っている彼女さんが説明する。

「カズヒロはね、元々ミュージシャンになりたかったんだって。親の反対を押し切ってクラブに住み込みで働いていたけど、何年経っても芽が出なくて。そのクラブのマスターも気難しい人で、夢を諦めて惰性で仕事をするカズヒロに愛想を尽かして追い出したらしいの。それから女の人の家を転々として、元カノさんと出会ったのはその流れだと思う」

「なるほど、だから今は楽器屋で働いているんですね。ミュージシャン時代の経験が活かせるように」

合点が行った私に対し、彼女さんは眉間に皺を寄せて訊いてくる。

「ねぇ、この話、ここじゃなきゃダメなの？」

「ええ、もちろんです。ご都合悪かったですか？」

「都合っていうかさ、夜の公園なんて不気味じゃない……な、何だかさっきより冷え込んだ気がするしぃ……」

　彼女さんの言葉は、奇しくもこの状況を言い当てていた。

　二人の背後ではチナツさんが仁王立ちし、冷ややかな目で二人を見下ろしている。

カズヒロさんと向き合う体を装いつつ、私は視線で彼女を促した。

　——さあチナツさん、今こそ積年の恨みつらみを言ってやる時ですよ！

　チナツさんはまず彼女さんを間近から覗き込み、嫌みたっぷりに切り出す。

「へぇ、あんたが新しい彼女？　結構可愛いじゃない。私よりも若そうだし。そうよね、あんたにとっちゃ、誰でもよかったのよね。口じゃ『感謝している』とか『死んで残念』とかご立派なことを言ったようだけど、所詮は飽きたら捨てる程度の女でしかなかったのよねぇ！」

　そして、チナツさんはカズヒロさんの正面に立ち、彼をまっすぐ睨み据えた。当然カズヒロさんに彼女は見えていない。

「カズヒロ、私はねぇ、私はあんたのことがずっとずっと……！」

　チナツさんは形だけの肺に空気を目いっぱい溜め込み——

「……ダメ、やっぱり好き……」

　両手で顔を覆い、へなへなとその場に頽れた。僅かに見える耳は、夜の暗がりでも分かるほどに赤くなっている。

そんな彼女を見て私は拍子抜けさせられつつ、同時に安堵もしていた。本人に届かないのだから、チナツさんは何を言うこともできた。それでもチナツさんが選んだのは、罵倒ではなく『好き』という愛情表現だった。不健全な愛と言う人もいるだろうけど、私にはそれがとても尊いものに見えた。

胸を撫で下ろしてアセビを見ると、アセビは何やら険しい表情でカズヒロさんに問い質している。

「……おい、お前、どうかしたか？」

その言葉でカズヒロさんに目を遣ると、彼は確かに不穏な様子だった。どこを見るともなく夜空を見上げ、口は半開きで涎が垂れている。目を開けながら寝ているような異常さを感じる。

「んー？　別に何とも……いや、何だこれ、目がおかし……」

虚ろに答えるカズヒロさんの体が、ぐらぐらと不安定にふらついたかと思うと、ベンチから滑り落ち、唐突に仰向けに倒れた。

「カズヒロ⁉」

彼女さんとチナツさんの声がシンクロするが、カズヒロさんの答えはない。

　カズヒロさんの呼吸は浅く、目も開いているのか閉じているのか分からない。尋常ならざる状態であることは明らかだった。彼女さんが揺すって呼びかけても答えはない。

「え、ええと、救急車！」

　彼女さんが震える指でスマホを叩いて緊急通報をする傍ら、すっかり気が動転した私は無意味に狼狽えることしかできない。

「ど、どうしよう、こういう時って水を飲ませればいいんだっけ？　でもあんまり動かすとよくないよね……？」

　救いの手は、死者によってもたらされた。

　カズヒロさんの傍らに膝を突くチナツさんは、打って変わって毅然とした表情で私たちに指示を出す。

「あなたたち、カズヒロを回復体位に！」

「か、回復体位って⁉」

「横向きに寝かせて！　ゲロで喉を詰まらせないようにするの！」

「はっ、はい！」

　生者に触れないチナツさんに代わり、私とアセビがカズヒロさんの体を転がす。

「よい……しょっと！　こうですか⁉」

「ええ！　あと、シャツのボタンを外して胸元を緩めて！　頭を後ろに軽く仰け反らせて気道を確保！　あなた、その上着貸せる⁉　体温を下げないようにカズヒロに被せて！」

「これでいいのか⁉」

アセビはチナツさんに言われるまま、自分が身に着けている黒いローブをカズヒロさんに被せた。

公園が騒然とした空気に包まれる中、救急車のサイレンが近付いてくる。チナツさんは彼女さんと挟み込むような形で膝を突き、聞こえない声でカズヒロさんに必死に呼びかける。

「カズヒロ、死なないで、私やっぱりあなたのこと……」

その時、ずっと薄目だったカズヒロさんの目が、微かに見開かれた。

彼の視線が向けられていたのは、彼女さんではなく、反対側のもう一人――

「チナツ……？」

彼女さんと一緒に救急車に乗り込み、医師の診断を聞いた私は、歩いて公園まで戻った。

　気が気でない様子のチナツさんに、私は満面の笑みで報告する。

「カズヒロさん、命に別条はないようです。一時的な意識の酩酊で、目が覚めればすぐ家に帰れるだろうって」

「……そう。あなたたち、私の指示に従ってくれてありがとうね」

　チナツさんはベンチにへたり込み、大きく息を吐いた。

　ローブを着直したアセビは、チナツさんに皮肉げに尋ねる。

「元彼が痛い目に遭って、痛快だったか？」

「正直に言うと、ちょっとだけね。でも、それもカズヒロが生きてくれてこそだわ」

　チナツさんがぽつりと呟いた途端、チナツさんの全身がキラキラと光を放ち始めた。

　ツバサくんの時と同じ、冥界に旅立つ前触れだ。思いがけない展開に、私とアセビは顔を見合わせる。

　チナツさんは全てを理解したような穏やかな表情で、独白を続ける。

「あの時ね、ちょっとだけカズヒロが私のことを見てくれた気がしたの。その瞬間、私は何だか満足しちゃったのよね。きっとすぐに新しい女との思い出に埋もれて忘れちゃうでしょうけど、カズヒロが瀬戸際で拠り所にしたのは私だった……それはつまり、ほんの少しの間でも、私はカズヒロにとっての特別になれたってことだから」

形がどうあれ、チナツさんの未練が晴らせたのなら私も嬉しい。

それでも、このまま黙ってチナツさんを見送るのは、何となく気が進まなかった。

「あの……これは私の勝手な考えですけど、誰かの特別になろうって思う必要はないんじゃないでしょうか？」

躊躇いがちに私が切り出すと、チナツさんは不思議そうな目を私に向けてきた。

自分でも判然としない気持ちを、私は探り探り語る。

「チナツさんの気持ちは、もちろん私にも分かります。リュウスケくんには私だけを見てほしいって思いますし、他の女の子に目移りされたら嫉妬もします。だけど人の気持ちって理屈じゃないし、特別になってもらおうっていう動機で何かをしてあげると、思い通りに応えてもらえなかった時にどうしてもつらい気持ちになっちゃうと思うんです。でもそれは別にその人がチナツさんのことをどうでもいいと思っているとか、チナツさんに落ち度があるとかじゃなくて、本来なら取るに足りないような小さな擦れ違いでしかなくて。そういうのを気にして傷付いたり失望したりするのは……何ていうのかな、少し違うんじゃないかなって……」

話しているうちにだんだん自分でも話の趣旨が分からなくなってしまい、尻切れ蜻蛉になってしまった。

　私は頭に手を当て、照れ笑いを浮かべる。慣れないことはするものじゃない。

「ご、ごめんなさい。偉そうなこと言ってる割にいまいち要領を得なくて……」

せっかく丸く収まりかけたところに水を差してしまったかもしれない。そんな懸念を抱いた私だったが、チナツさんは嚙み締めるように言った。

「いえ、言いたいことは分かるわ。友達も特別もなろうとしてなるものじゃなくて、いつの間にかなっているもの、それを目的にするのは本末転倒……そういうことよね」

「そ、そうですそうです」

　無事伝わってくれた安心感に、私は繰り返し頷いた。

　チナツさんは目を閉じ、しみじみと呟く。

「あなたみたいな女の子に、しかも死んでからそんな大事なことに気付かされるなんてね……でも、気付かないまま消えてしまわなくてよかった。何だか胸の奥がスッと軽くなった感じ。今なら死出の旅路も楽々越えられそうだわ」

「看護師なんてなるものじゃないって言ってましたけど、私はカズヒロさんを助けようとするチナツさん、すごく格好いいって思いましたよ。ユミちゃんもきっと同じ気持ちだったと思います」

私が率直な気持ちを伝えると、チナツさんは私を見て優しく微笑む。最初の荒れた表情より、ずっと若々しく素敵に見えた。

「ありがとう。来世があったら、あなたとはちゃんとしたお友達になりたいわね」

「ええ、その時は一緒にパンケーキ食べたりカラオケで愚痴ったりしましょう」

薄れ行くチナツさんは、アセビに顔を向けて微笑んだ。

「リュウスケくんもありがとう。彼女のこと、しっかり守ってあげなさいね」

「何もかも違うが……？」

「こいつがリュウスケくんのわけないでしょうっ⁉」

結局、言い終えるかどうかの瀬戸際でチナツさんは消えてしまい、伝わったか否かは分からず仕舞いだった。

4章　父と娘

今でこそリュウスケくん一筋の私だが、最初の頃は彼に対してさほど良い印象を持っていなかった。

それは別に悪い印象があったわけでもない。特段誰かと仲が悪いわけではないが、特別親しい人がいる風でもなく、気付いたらそこにいたりいなかったりする空気みたいな奴、それが花房(はなぶさ)リュウスケという人間だった。有り体に言うならどうでもいい、クラスに一人はいる陰キャラという位置付けだった。

そんな私の認識に転機が訪れたのは、私と彼が日直を担当した日のことだ。

放課後、クラスメイトに誘われて近場のゲームセンターで遊んでいた私は、帰り際になるまですっかりその事実を失念していた。

「……あっ、やべっ、今日日直だった」

日直になると授業の準備手伝いや、クラス毎(ごと)に割り振られた場所の清掃、そして日直日誌を書いて提出しなければならない。日中の仕事は適度にこなしていたけど、一ヵ月に一度しか回ってこないから放課後の仕事のことが頭から抜けていた。

「えー、マジ？　もう一人は誰？」

「えーっと、確か花房っていう人」

彼の印象が薄いのは彼女たちも同じようで、反応は芳しくない。

「誰そいつ？　っていうか、別に放置で良くね？　日直なんて誰も真面目にやってないでしょ」

「そもそもあんなシステム時代遅れだって、日直とか中学生じゃあるまいし」

「いやほんとそれなー」

私のサボりを深刻に受け止める人は誰もいない。だから私もその場の雰囲気に流されて、一時の享楽に身を任せていた。怒られたら最悪謝ればいいだけだし。

だけど、家に帰って一人になると、どうしてもサボってしまった事実が気に掛かってしまい、翌日私はいつもより早く家を出た。大事にはならないだろうけど、怒られるかもしれないという状況は精神的に落ち着かない。職員室にこっそり忍び込んで日直日誌を改竄してやろうという魂胆だ。

一番乗りのつもりだったが、教室には既に先客がいた。それが奇しくも、昨日の日直の花房リュウスケだったものだから、私は気まずい気持ちになってしまう。

私に気付いた彼は、至極爽やかに挨拶してくる。

「おはよう、佐竹さん。今日は早いんだね」

「お、おはよう……」

嫌みや文句の一つでも言われるものだと思っていたが、彼はそんな素振りを一切見せず、自習に勤(いそ)しんでいる。

このまま知らない振りを押し通すことも考えたが、それは流石に不義理だと思い、私は素直に謝った。

「あ、あの……昨日は、ごめん。日直の仕事、すっぽかしちゃって……」

「ううん、全然大丈夫だよ。用事があったんでしょ？」

「よ、用事っていうか……ゲーセンで遊んでただけだけど……」

口ごもりながら白状する私に、しかし彼はやはり穏やかな物腰を崩さない。

「友達と遊ぶのも大事な用事じゃん。日直日誌のことなら、佐竹さんもちゃんと仕事したってことにしてあるから、心配しなくていいよ」

「えっ……いいの？」

驚きのあまり、つい本音が出てしまった。

リュウスケくんは顔を上げ、へにゃっと笑って訊き返す。

「だって、その方が佐竹さんにとっては都合がいいでしょ？」

結局、リュウスケくんは一度も不平を言ったり対価を求めたりすることなく、私の日直サボりはお咎めなしに終わった。

しかし私の胸中では、むしろ彼に対する不信感が高まっていた。あんな風に恩を売って一体どんな魂胆だ、人当たりのいい笑顔に騙されるものか、どんな性根の悪さを隠していやがるんだ、という。今思えばヤクザの因縁もいいところなんだけど。

その日からリュウスケくんに注意を払うようになった私だったが、性根の悪さどころか、彼の模範的振る舞いが次々と明らかになっただけだった。面倒な仕事は率先して立候補し、黒板の消し忘れがあれば日直じゃなくても消し、落ちているゴミは見付け次第拾い、それでいて成績も優秀……外見はちょっと頼りなくて、それが他の女子にはお気に召さなかったようだけど、私にはそんなところも一つの魅力に映った。

私がリュウスケくんと付き合い始めるまで時間は掛からなかった。リュウスケくんは付き合い始めてもやはりみんなに優しいリュウスケくんのままで、最初は私だけを見てほしくて気を揉むこともあったけど、傍で彼を見ているうちにそれが幼稚な考えであるとすぐに気付いた。見返りを求めて何かをするなんてことは、リュウスケくんならしない。チナツさんとの別れ際に私が言ったことは、実は過去の私の反省でもあった。

好きだから何かをしてあげる。力になる。そこに理屈や損得は必要ない。私が半年間、眠るリュウスケくんを見守り続けて至った恋人としての境地だ。

だから私は、今日も張り切って死神仕事に赴くのだ。リュウスケくんのためならえんやこら。

アセビと並んで目的地に向かって歩きながら、私は二度の死神仕事で気になっていた疑問をぶつけてみた。

「それにしてもさ、魄束って何のためにあるの？　せっかく現世に残れたのに、ずっと動けないって可哀想じゃない？」

罪人でもないのに自由を束縛されるなんてあんまりじゃないか。まぁ、アセビにクレームを付けてもどうしようもないことだとは思うけど。

「はっきりとした理由は解明されていない……というより、アレは解明できる類のものでもないが」

アセビはそう前置きをしてから、滔々（とうとう）と語り出す。

「基本的な考え方として、魂が自由に現世を動き回るのは不都合の方が多いんだ。人間の営みを眺めるだけで未練が無くなる奴なんてまずいない。関係の深い人間に不用意に近付くことは、むしろ未練や怨念が急激に高まって怨霊化を促してしまうリスクに繋がる。死神によって捕捉されにくくもなるしな。それを防ぐための魂の無意識の善性……というのが一般論だ」

アセビの抽象的な説明を、どうにか私なりに嚙み砕いてみる。魄束とは、魂を害するものではなくむしろ守るもので、いわゆる免疫反応に似た現象ということだろうか。言われてみれば、ツバサくんの時もチナツさんの時も、ユミちゃんやカズヒロさんを見に行くだけで未練を晴らせたかは疑わしいな。

私は腕組みをし、眉間に皺を寄せて唸る。

「合理的なんだか非合理的なんだかよく分かんないねぇ。だったら死んだ時点で、問答無用で冥界に送ってくれればいいのに」

身も蓋もない私の意見を、アセビは存外肯定的に受け止める。

「基本はそうさ。ただ、何事にも例外が存在するってだけだ。特に人の想いが強く関わるような局面においては」

「そっか、そうかもね」

考えてみれば現世のシステムや物理法則だって、全部が全部合理的というわけでもないわけだし。

リュウスケくんが事故に遭ったのはもちろん悲しいことだけど、一命を取り留めたのは私の想いが生んだ奇跡だったのかな。

ちょっぴり不謹慎かもしれないけど……もしそうだったら、嬉しいかも。


三人目の魂は、とある小さな工場の裏手にいた。看板も目立たなくて何の工場かすぐには分からなかったが、どうやら車検などを受け持つ自動車整備場のようだ。

灰色の作業着を着て佇む中年男性に、私はそっと声を掛ける。

「初めまして、ちょっとお話いいですか？」

「うん？　……ああ、とうとうお迎えが来たってことか。待ちくたびれたよ、あと何年ここに居座ることになるものかと」

黒いアセビの姿を見るや、男性はそう納得した。チナツさんも死神を知っている風だったけど、幽霊仲間と情報交換もできないだろうに、どこでそんな知識を身に付けたんだろう。魂になった時点である程度察しが付くようになるんだろうか。

取り留めのない疑問は一旦横に置き、私は彼に目的を説明した。

「大体そうなんですけど、それだけじゃなくて。私たち、あなたの未練を晴らすためにお力になりたいんです。お話を聞かせてくれませんか？」

「未練か……そんなもの、とっくに捨てたつもりだったんだけどな」

意味深な呟きから察するに、心当たりはあるようだ。

私は姿勢を正し、男性に自己紹介する。

「私、シオリって言います。こっちは死神のアセビ。あなたのお名前は？」

「コウイチ。まぁ、どこにでもいる末端の自動車整備士だよ。今となっちゃ過去形だけどな」

年齢は五十代前半だろうか。作業着姿のコウイチさんは目尻の皺が目立つものの、全体的に引き締まった体付きをしており、まだまだ働き盛りであるように見える。

アセビも同じことを思ったようで、コウイチさんに単刀直入に尋ねた。

「寿命というわけではなさそうだな。死因は何だ？」

「よく覚えてないけど、どうせ過労死じゃないかな。ウチの親会社が売ってる車のエンジンに不具合が見付かってから、リコール対応で連日夜遅くまで働き詰めでね。帰宅中に意識を失ってぶっ倒れて、気が付いたらこのザマさ。何日も寝不足だったから心臓か脳でもやられたんだろうな」

気絶してから一度も目を覚まさないまま死亡したらしい。遺言すら残せないまま死んでしまったコウイチさんの死を、私は胸中で悼む。

私は本来の目的に立ち返り、コウイチさんに質問した。

「あなたが現世に残っている未練に、心当たりはありますか？」

「娘がいるんだ。三年前に離婚して別れて、死ぬ前まで養育費を支払っていた娘が」

よほど強い未練なのか、コウイチさんの受け答えは前のめりだった。

コウイチさんは整備場の壁を一瞥し、溜息を吐く。

「俺は典型的な仕事人間でね。家庭を顧みずに仕事に打ち込んだせいで、女房からも娘からも呆れられて出て行かれちまって。まぁ、それ自体は自業自得だから何も言わねぇよ。いちいち小言を言ってくる女房とはソリが合わなかったし、娘も俺のことを嫌っている風だったしな」

コウイチさんは一旦言葉を切り、壁にもたれるような形で座り込んだ。幽霊も立ちっぱなしだと疲れるのだろうか。

よく見ると地面には煙草の吸殻が落ちていた。ここは休憩時間にコウイチさんが喫煙所代わりにたむろしていた場所だったのかもしれない。

「離婚したばっかりの時は、一人は気楽でいいって思ってた。それでもな……ふとした時にどうしても考えちまうんだ。俺と女房が離婚せず、大人になったアオイを社会に送り出してやる、幸せな未来を。女房はすぐに別の男と再婚したから、それがもう叶わないことは分かっている。だからせめてその新しい家族と上手くやってくれと、そして大人になったアオイを一目見られればと、そう思っていたんだが……今となっちゃ、それすらも叶わなくなっちまうんだからな」

コウイチさんは魄束をガシャリと鳴らし、肩を竦めた。本人が落ち着いていることも影響してか、チナツさんと異なり綺麗な銀色を保っている。急を要さなそうなのは幸いだった。

「アオイさんはおいくつなんですか？」

「十九だ。大学生になった連絡が来て、それっきりご無沙汰だな。顔なんて離婚してから一度も見ていないよ」

どことなく落ち込んだ様子のコウイチさんを少しでも元気付けようと、私は力いっぱい頷いた。

「分かりました。アオイさんが新しい家族に馴染めているか、それがコウイチさんの未練なんですね。それじゃあ、私たちがアオイさんに会ってお話を――」

私がそう話を総括しようとした時、コウイチさんは片手を挙げて口を挟んできた。

「待ってくれ、娘に会って現状を確かめるまではいい。だけど、俺の名前は出さないでほしいんだ」

「え？　どうしてですか？」

　思いがけない申し出に、私は素っ頓狂な声を上げた。死に別れた娘が未練なら、むしろ伝言の一つや二つ頼まれるものかと思っていたが。

　そっと目を伏せるコウイチさんは、私より三回り以上も年上のはずなのに、ずっと小さくか弱い存在であるように見えてならない。

「冷静に考えてみてくれよ。養育費を支払っていたのに前妻から一度の面会さえ持ちかけられない、娘の方からも一度も会いに来ない……そんな娘に俺を思い出させることが、本当に娘のためになると思うか？」

　適切な答えがすぐに見付からず、私は口元を引き結んだ。『大丈夫ですよ、自信を持ってください』と言いたいのは山々だが、アセビに言われるまでもなくそのような気休めを口にするのは躊躇われた。それはコウイチさんの家族への接し方とアオイさんの受け止め方による話で、生憎どちらも私の与り知るところではない。

　思考の末、私は思ったことをそのままコウイチさんに伝えることにした。

「……正直なところ、私には分かりません。あなたのことも、アオイさんのことも、部外者の私には知らないことが多すぎますから」

諦観の面持ちで目を閉じるコウイチさんに、私は両手を胸元で握って続けた。

「だけど、あなたが死ぬほど働いてまで、いえ死んでまで大切に想ってきた子ですよ。そんなお父さんの想いを、これからずっと知らないまま生きていくなんて、いくら何でも悲しいです。少なくとも私はそう思います」

私の率直な気持ちを聞いたコウイチさんは、何度か目を瞬いてから、自嘲気味に笑った。

「……娘くらいの年頃の子に言われると、なかなかキツいものがあるな。つくづくバカなことをしたもんだと思い知らされる」

そう自分を卑下しつつも気持ちは振り切れないのか、コウイチさんは先の希望を撤回しない。

気まずい沈黙を破ったのは、アセビだった。

「まぁ、そんなに名前を出されるのが嫌なら、今回は伏せる方向で当たってみる。話の流れ次第にもなるが、いずれにせよ娘に会った後は、もう一度あんたと話をする必要があるしな」

手際よく話をまとめると、アセビは珍しく口元を笑みの形に吊り上げた。

「ややこしく考えるなよ。嫌われようが恥を掻こうが、どうせもう死んでいるんだ。

後腐れなくいこうぜ」

竹を割ったようなアセビの台詞に、コウイチさんは気恥ずかしげにはにかんだ。

「……それもそうかもしれないな」

コウイチさんに教えてもらったアオイさんの現住所に向かった私とアセビだったが、私は早速そこで先行きを覚悟させられることになった。

マンションではアオイさんのお母さんが出迎えてくれたものの、アオイさんは長く家を留守にしていて、次にいつ戻るか分からないとのことだった。心労ゆえかお母さんの顔色は優れず、アオイさんの中学時代の後輩だと言う私たちに『どうにか連れ戻してくれないかしら』と懇願してきた。藁にも縋るような表情と口調で言われれば首を横に振るわけにもいかない。私たちはアオイさんの顔写真を借り（多少不審がられたが『大学デビューで格好が変わっているかもしれないから』と押し通した）、彼女が通う富山県内の国立大学に張り込む方針に切り替えた。

アオイさんが在籍しているのは経済学部ということだったので、私とアセビは経済学部の入り口が見える構内食堂で待機することにした。朝から粘ること数時間、人が増える午後になり、アオイさんもようやく姿を現した。私とアセビは示し合わせるまでもなく席を立ち、食堂を飛び出して彼女を呼び止めた。

「アオイさん、ちょっと待ってください！」

声を掛けられ、アオイさんは奇異の眼差しをこちらに向けてきた。

同一人物であることは間違いないものの、笑顔で写っている顔写真とは懸け離れた鋭い目付きに、私はつい気圧されてしまった。初対面の私たちを、アオイさんは明らかに警戒している。

「誰、あんたたち」

短く問われ、私は口ごもりながらも出任せで応じる。

「ええと……探偵事務所の者です。アオイさんについて、お母さんから調べるように依頼されまして」

「話すことなんて何もないし。私、講義あるから」

素っ気なく言い放って立ち去ろうとするアオイさんの前に、私は慌てて立ちはだかった。学生証が必要な建物内に逃げられたら厄介だ。姿を自在に消せるアセビに任せるのも不安がある。

「待ってください。依頼を受けて来ている以上、私たちはあなたにお話を伺う義務があるんです。ここで話してしまった方が、アオイさんにとっても後々の面倒がなくなると思われますが」

「……チッ、何が聞きたいの」

アオイさんは露骨に舌打ちし、端的に促してきた。ひとまず第一関門突破だ。

手始めに私は簡単な質問をぶつける。

「アオイさんはしばらくお家に帰っていないそうですね。今はどちらに寝泊まりしていらっしゃるんですか？」

「知り合いの家だよ。言っとくけど、住所を教える気はないから。付いてきたら警察呼ぶし」

「お母さん、帰らないアオイさんのことを心配していましたよ。ちゃんとお家に帰った方がいいんじゃないですか？」

「あんたには関係ないでしょ、私は私のいたい場所にいるだけだし」

私が精一杯親身になって勧めてみるも、アオイさんはすげなく一蹴するばかり。この頑固さは一筋縄ではいかなそうだ。

このままでは埒が明かないと判断し、私は踏み込んだ質問を試みた。

「お家にあまり帰らなくなったの、お母さんが再婚した件と関係があるんですか？」

「……何であんたがそんなこと知ってんの」

アオイさんはスッと目を細め、低めた声で問い質してきた。

尻尾を巻いて逃げ出したい気持ちを抑え、私ははっきりと答える。

「お母さんが言っていました。再婚してからずっと、アオイさんが口を利いてくれなくて悲しいって。それ、本当ですか？」

「あのクソババア、余計なことまで言いやがって……」

アオイさんは溜息を吐き、頭をガリガリと掻き毟った。

「あぁそうだよ。あいつは古い男が気に入らなくなって捨てたかと思えば、性懲りもなく新しい男とくっ付くような尻軽女だ。そんな奴に私の居場所をとやかく言われる筋合いなんてないね。新しい父親とやらも、何か良い父親振ろうと必死なのがキモいし」

「じゃあ、アオイさんは前のお父さんの方がよかったんですか？」

「は？　んなわけないでしょ。夜遅くまで仕事に噛り付いて、夕食も食べないし旅行にも行かないし、何でこんな奴が父親なんだろうっていつも不思議に思ってたよ。そんなに一人が好きなら結婚なんてしなけりゃよかったのに、案の定離婚してウケるし」

アオイさんの言葉には嘲笑すら含まれている。仮にも実の父親に対してその態度は如何(いかが)なものかと、私の眉間に皺が寄る。

「前のお父さんが亡くなったことは……」

「知ってるよ、過労死でしょ？　そのせいで養育費が止まったらしいけど、あの尻軽女のポケットマネーになってたから私にはあんまり関係ないし。大好きな仕事で死ねて今頃喜んでるんじゃない？　それか仕事ができなくなって悲しんでるか」

「そんな言い方……！」

カッとなってアオイさんに詰め寄ろうとした私を、アセビが割り込んで制した。

「俺にはお前が分からない」

これまでずっと黙っていたアセビの一言に、アオイさんの眉がピクリと動いた。

アセビの横顔には怒りも悲しみもなく、ただアオイさんを推し量ろうとする視線を彼女に向けるばかり。

「積極的に関わろうとする今の父親を悪く言ったかと思えば、家庭を顧みない昔の父親にも不満があったと言う。じゃあ、お前の望みは何なんだ？　どんな父親だったらお前は満足できるんだ？」

そんなアセビの疑問を、アオイさんは鼻で笑い飛ばした。

聞き分けのない子供に言い聞かせるように、アオイさんはわざとらしい抑揚を付けて言い放つ。

「その二者択一の前提がそもそも間違いだっての。私はね、分かったんだよ。家族なんて作るもんじゃない、他人なんてアテにするもんじゃないって」

アオイさんは今度こそ私たちの脇を強引に通り過ぎ、すれ違いざまに吐き捨てた。

「私は誰のことも信用しない。一人で生きていく。そう決めたの」

大学を後にし、コウイチさんの元に向かう私の足取りは、この上なく重かった。いつかこういう仕事にも出くわすとは予想はしていたが、今回は私たちの手に余るかもしれない。

「……と、いうことでして……」

アオイさんとのやり取りを掻い摘んで報告すると、コウイチさんは深く息を吐いた。

「そうか、アオイが家出を……」

そのまま押し黙ってしまったコウイチさんに、私は恐縮して頭を下げる。

「すみません、コウイチさんの未練を晴らすつもりだったのに、余計に傷付けるみたいな結果になってしまって……」

「君たちが謝ることじゃない。正直に言うと、予想はしていたんだ。全ては円満な家庭を築けなかった不甲斐ない父親の責任さ」

コウイチさんは首を横に振り、力なく笑った。気を遣わせまいとする悲しそうな笑顔が、私には余計に心苦しく感じられる。

一歩下がって佇んでいたアセビは、私の横に並び、コウイチさんに問いかけた。

「一つ訊きたいことがある。娘がああなった理由は、本当にあんたが仕事人間だったせいってだけなのか？」

「どういうこと？」

訊き返したのはコウイチさんではなく私だった。

私の質問を受け、アセビは滔々と語り始める。

「本人にも訊いたことだが、娘の言動は矛盾している。嫌いになった理由が家庭を放任したというだけなら、家庭を大事にする新しい父親とはよろしくやっているはずだ。仮に新しい父親に何か問題があるなら、多少なりともあんたのことを惜しむだろう。いくら家庭を放ったらかしていたとはいえ、あんたが家族のために働いていた事実を、今の娘が理解していないとは思えない。だが現実には、娘はどちらにも心を閉ざしている。そこが腑に落ちないんだ」

「うーん……」

アセビの疑問は一理あるが、取り立てて気に掛けることでもないと思う。アオイさんの性格は気に食わないけど、私は両者と距離を置きたがる彼女の気持ちも少し分かる気がする。人を好きになるのも嫌いになるのも、何かをすれば必ずそうなるというものではなく、往々にして行動や感情が複合的に積み重なった結果なのだ。

「でも、アオイさんを庇うわけじゃないけど、人の気持ちって理屈じゃないじゃん。Aがダメなら逆のBはOKって単純なものでもないし、特に女の子は新しいお父さんとは簡単に馴染めないものだと思うよ。それに今のアオイさん、お母さんともソリが合わないみたいだし、その影響もあるんじゃない？」

私がそう持論を呈すると、アセビは我が意を得たりと言いたげに人差し指を立てた。

「そう、それだ。娘はあんたを見限って再婚した母親を、尻軽だと貶していた。もし娘が心からあんたのことを軽蔑していたなら、そんな台詞は出てこないはずだ。そこに何かがある気がするんだ。娘があんたのことを嫌いになり切れず、さりとて好きにもなり切れない、そのせいで新しい家族に心を開くこともできない理由が……」

口元に手を当てて考え込むアセビを、私は意外な気持ちで眺めていた。最初は問答無用で魂を冥界に送ろうとしていたあのアセビが、未練を晴らすためにここまで思考を巡らせるなんて。

十数秒ほどの沈黙を経て、コウイチさんは口を開いた。

「……そうか、ひょっとしてアオイも、まだあの時のことを……」

「あの時って？」

私に促されたコウイチさんは、暫し言いにくそうにそわそわとしていたが、やがて観念したように答えを告げた。

「遊園地だよ」

とある山の麓、寂れたバス停で下車した私は、アオイさんを連れて歩道もない山道をひた歩いていた。

ふと振り返ると、アオイさんはつらそうな顔で膝に両手を置き、ちょうど通り過ぎた自動車を恨めしそうに見送っている。

「ほらほら、アオイさん！　もうすぐですよ！」

「もー、私に指図すんなし……！」

私に急き立てられ、アオイさんは煩わしそうに不服を訴えた。あまり体力がある方ではないようだ。

アオイさんが文句を言いながらも山登りに付き合っているのは、もちろん理由がある。ある場所に来てほしい、そこにはアオイさんにとって大事なものがある、もしそれが気に入らなければ何でも一つ言うことを聞く、と。内容を明かせないこともあって最初は渋っていたが、最終的に『気に入らなかった時は両親を二度と私に干渉しないようにさせろ』という条件を呑むことで合意した。

バスの中では吠え面かかせてやると意気込んでいたアオイさんだったが、長い山道を歩くうちに弱音を吐き始めた。息切れ一つしていない高校生の私はちょっとだけ優越感に浸る。

「疲れたー、ねぇ、もう帰りたいんだけどー……」

アオイさんの足取りが怪しくなり始めた頃、木と崖だけの景色が急に開け、アオイさんは顔を上げた。

目の前に現れた〝ソレ〟を見た途端、アオイさんの表情が強張った。山を大胆に切り拓くような形で自動車の入退場口と精算所が設けられ、『KUBIKINO FANTASTIC PARK』という看板が上部に張り出されている。クマとウサギのマスコットが両サイドに描かれたその看板は、開園当初は彩り豊かで可愛らしいものだったのだろうが、今はすっかり赤錆びて不気味な雰囲気を漂わせている。精算所の窓ガラスはバリバリに割れ、進入禁止ロープすらもすっかり伸びて色が抜け落ち、人の気配をまるで感じさせない。

忘れられた廃墟と化した遊園地、その入り口に立ったアオイさんは、射殺するような視線を私に向けてくる。

「……どういうつもり？」

「見ての通りですよ」

私は涼しい顔で答えた。概ね想定通りの反応だ。

アオイさんは泣きそうな怒りそうな、複雑な表情をした後、そっぽを向いて立ち去ろうとする。

「……帰る」

しかし、二歩と進まないうちに、私はアオイさんの腕を摑んで鋭く言った。

「ダメです、付いて来てください。いえ、アオイさんは付いて来なきゃダメです。そういう約束だったはずです」

「利いた風なこと言うなし！　こんな所、私は何の用もないから！　約束なんて、もうどうでもいい！」

聞き分けのない子供のように暴れて逃れようとするアオイさんに、私は諭すように語りかけ続ける。

「あります。アオイさん自身も、そのことはよく分かっているはずです」

「知らないし！　じゃあ、ここに何があるっての!?」

「アオイさんがずっと求めていたものですよ」

私のその言葉で、アオイさんはようやく大人しくなった。アオイさんの目は私を非難したげに潤んでいたが、私が無言で廃遊園地に歩み出すと、彼女は素直に付いて来た。

閑散とした広大な駐車場には、割れたコンクリートの間を埋めるように雑草が生い茂っている。入場ゲートには格子のシャッターが下りていたが、管理室に近い右手側は人一人が姿勢を低くして通れる程度の隙間が空いていた。服が汚れるのも構わず、私は屈んで園内に入る。アオイさんは逡巡(しゅんじゅん)していたが、思いっきり溜息を吐いて私に続いた。

園内は外観の印象に違わず寂れており、私とアオイさんは土産屋やレストランが立ち並ぶ屋根付きのメインストリートを並んで歩く。この遊園地が潰れたのは今から約七年前であり、雨晒(あまざら)しになっていない建物は案外そのまま残っているものの、大勢の客を迎えるための遊園地に人っ子一人いないという状況下においては、単純な老朽化以上に古びて見えた。やり甲斐を失った老人が一気に老け込んでしまったような、そんな悲愴感がひしひしと伝わってくる。

私の後ろでキョロキョロと辺りを見回しながら、アオイさんは不安げに尋ねてくる。

「……ここ、入って大丈夫なの？」

「ちょっとくらい大丈夫でしょう。怒られたらその時に謝ればいいんですよ」

確か廃墟でも建造物侵入罪は適用されたと思うけど、長居はしないし、所有者もいちいち気にするほど暇じゃないだろう。管理する気もないのに放置する方が悪い。

心の中で責任転嫁し、屋根付きのメインストリートを抜けると、空が開けて広大なアトラクションゾーンが眼前に現れた。

当然ながらジェットコースターもバイキングも観覧車も動いていないが、夕暮れ時の西日で紅く彩られたアトラクション群は、錆びた鉄の廃墟であることを忘れるほど美しく見えた。早く早くと急かす兄弟や肩車をする父親、そんな彼らを微笑んで見守る母親の幸せな家族を幻視し、来たことのない私でさえ寂寥感で胸が満たされてしまう。

そっとアオイさんの顔を覗いてみると、心なしか瞳に懐古の情が窺えたように思えた。やはりここが彼女にとって特別な場所であることは間違いないようだ。

私が向かった先は、園中央に建つ地上六十メートルの展望台だった。エレベーターは止まっているため、関係者用の外階段を使う必要がある。

私は螺旋（らせん）階段のドアを開け、アオイさんに上るよう促した。

「この展望台の上です。お先にどうぞ、足元に気を付けて」

二十階建てのビルに匹敵する展望台を階段で上がれと言われたのだ。泣き言を言われることも予想していたが、思いのほかアオイさんは促されるままに螺旋階段に足を掛けた。この先に待っているものが何であるか、彼女なりに察しが付いているのかもしれない。フェンス越しに見える地上がどんどん遠ざかり、不覚にも私の足の方が竦んでしまう。

肩で息をしながらも、アオイさんは一度も立ち止まることなく階段を上り切った。胸の高さの柵で囲まれただけの屋上展望台は、遊園地のみならず麓の町まで一望でき、私もアオイさんも呼吸を忘れてその絶景に見惚れてしまう。

柵の際に立ったアオイさんは、感慨深そうに眺望を堪能していたが、突如何かに気付いた様子で顔を横に向けた。柵の向こう、張り出した屋内展望台の屋根に、バイザー付きのキャップと紺色のサマージャケットを着た何者かが立っている。強い風が吹けば今にも真っ逆さまに落ちてしまいそうだ。

アオイさんは怯えた表情ながらも、その人物に問いかける。

「だ……誰？」

　柵向こうの人物は、僅かだけこちらを振り返り、答える代わりに言った。

「……来たか、アオイ」

　バイザーに目元が隠れて素顔は判然としないが、その台詞だけでアオイさんは彼が何者か理解したようだった。

　アオイさんは目を丸くし、掠れた声で喘ぐように尋ねる。

「パ……パパ？　そんな、どうして、まさか生きて……？」

「いや、人間としてのコウイチは既に死んでいる。今ここにいるのは、束の間の亡霊だ」

　ふらふらとそちらに歩み寄っていたアオイさんは、足を止めて柵向こうの父親をまじまじと見つめた。

「……あれ？　パパ、何か声違くない？」

「……声変わりだ。この体になると、いろいろ不便でな」

　咳払いしながら答える父親の姿に、私は片手で頭を抱える。

　アオイさんが軽く流してくれたのは不幸中の幸いだった。

「へー、幽霊って大人でも声変わりするんだ……っていうかこっち来たら？　危ないよ？」

「いや、いろいろ事情があって、これ以上そっちには近付けないんだ……とにかく、俺はそういう話がしたいわけじゃなくて」

父親は強引に会話の主導権を取り戻すと、アオイさんに背を向けたまま、眼下のアトラクションに視線を落とす。

「アオイ、この遊園地のこと、覚えてるか？」

父親に倣って遊園地を見下ろし、アオイさんはむくれた様子で答える。

「……覚えてるよ。忘れるわけないじゃん。小学生の時の夏休みは、ここで一日中遊ぶのが一番の楽しみだったんだもん。だけど……」

尻切れ蜻蛉になったアオイさんの言葉を、父親は小さく頷いて引き継いだ。

「あぁ、アオイが六年生の時、遊園地は潰れてしまった。身長制限のあるジェットコースターにもようやく乗れるようになって、今年は全アトラクション制覇するぞって意気込んでいたのに……あの時のアオイ、『何で今年は行けないの』ってすごく泣いて、夏休み中ずっと口利いてくれなかったよな」

「……仕方ないでしょ、子供だったんだから」

唇を尖らせるアオイさんに、父親は更に続ける。

「思えばそれからだったよな。何となく、親子関係がギスギスするようになったの」

「……うん」

アオイさんは控えめに頷いた。

父親は空を仰ぎ、深く息を吸って言った。

「アオイ、悪かった」

アオイさんはハッと顔を上げ、反射的に胸元で手を握った。

父親は額に手を当て、嘆息する。

「アオイとの新しい思い出の場所を作りたいと思ったことは、もちろん何度もあった。でも、そこが気に入ってもらえなかったらどうしよう、気に入ってもらえてもまた潰れて悲しませたらどうしようって、そんなことばっかり考えちまってな。そのうち、だんだんアオイと関わることそのものに自信がなくなって……正直に言うと、怖かったんだ」

「大人が何で子供を怖がるの、バッカみたい」

嘲笑と怒りが入り混じったような、やるせない罵倒だった。

父親は含み笑いの気配を漂わせ、アオイさんを肯定する。

「あぁ、本当にバカだよな。今思えば、場所なんてどこでもよかったんだよ。潰れた遊園地に代わる場所を一緒に探して、新しい発見をして美味しいものを食べて、いっぱい遊んで笑い合って……いらない取り越し苦労をしている暇があるなら、そういう家族の時間を少しずつでも積み重ねていくべきだったんだ。寂しい思いをさせて、済まなかった」

「……謝るのが遅すぎるよ」

「許してくれと言うつもりはない。それでも俺は、どうしても伝えたかったんだ」

父親は佇まいを正し、噛んで含めるように言葉を紡ぐ。

「アオイ、お前には父さんと同じような人生を歩んでほしくないんだ。悪い思い込みのせいで腹を割って話し合うことを怖がって、家族や他の人と擦れ違って、気付けば一人ぼっちになってしまうような人生は、本当にロクなものじゃない。生きていてもつらいだけで、そのくせ死んでも未練たらたらで……生き様も死に様も、それはもう無様なものさ」

そして、父親は顔だけで振り返り、バイザーの影からアオイさんをじっと見つめる。

「アオイ、お前にはお前の事情があるだろうし、『家族だから無理にでも仲良くしろ』なんてことを言うつもりはない。それでも、もう一度だけしっかり話し合ってみてくれないか？　その結果として、新しい家族に対する気持ちが変わらないなら、その時はお前の好きにすればいい。だけどもし、アオイがこのまま人と向き合おうとしない生き方を続ければ、お前はきっと父さんと同じ後悔を背負って生きていくことになる」

暫しアオイさんは、言うべき言葉を探しあぐねているように見えた。

泣きそうに歪んだ顔をそっと背け、捨て鉢気味に呟く。

「今さら話し合ったって、何の意味も……」

「話し合って初めて分かることもある。自分の気持ちは、自分一人だけでは気付けないものなんだよ」

根気よく説き伏せる父親の言葉を受け、アオイさんは父親に向き直った。

目を閉じて胸に手を当て、深呼吸を一つ。

「……分かった。私、もう一度話してみる」

再び目を開いたアオイさんの表情は、まだ不安が拭えていない様子だったが、その声に躊躇(ちゅうちょ)はなかった。

父親は小さく頷き、アオイさんに向けていた顔を正面に戻す。

「それじゃ、元気でな、アオイ」

そしてそのまま、屋根の端に向かって歩き出す。既に数歩先は虚空だが、彼の足取りに迷いはない。

右足が空を踏もうとした時、アオイさんの叫び声が響き渡った。

「まだ!」

アオイさんは展望台の柵を掴み、身を乗り出していた。柵は茶色に変色していていつ壊れるとも分からないが、アオイさんはそんなことは気にも掛けていない様子だ。

足を止めた父親を、アオイさんは充血した目で睨め付ける。

「……まだ、私は何も伝えてないんだけど。勝手に出てきて勝手に話して勝手にいなくならないで。そういうとこだよ」

アオイさんは洟を思いっきり啜ると、たどたどしい口調で懸命に話しかける。

「私たちのために、頑張って働いてくれてありがとう。でも、仕事のし過ぎは良くないから……次は程々にね」

そして、アオイさんは目元を拭い、不器用に笑った。初めて見るアオイさんの笑顔は、えくぼがとても可愛らしかった。

父親は驚いたように口を開き、そして笑みの形にして言った。

「あぁ、お前の言葉、確かに受け取ったよ」

その言葉を最後に、彼は今度こそ屋根から身を投げ、虚空に掻き消える。

　取り残されたアオイさんは静かに啜り泣いていたが、彼女の宿す雰囲気は初対面の時とは見違えるほどに決然として見えた。


　アオイさんと別れてコウイチさんの元に戻る頃には、陽はとっぷりと暮れていた。

　アオイさんの別れ際の表情を思い出し、私は満面の笑みで報告する。

「アオイさん、すごく良い顔をしていました！　コウイチさんのことをパパって呼んでくれて、私たちのために仕事頑張ってくれてありがとう、次は程々にって！　……本当は、直接お話をさせてあげたかったんですけど」

　この場から動けないコウイチさんに代わり、彼に扮したアセビが廃遊園地で父の伝言を託す——私の立案とはいえ、作戦開始前は不安でいっぱいだったが、結果としては十二分の成果を果たせたと言っていいだろう。思い出の地というロケーションは単なる伝言以上にアオイさんの心に響いてくれたようだし、いつも無愛想なアセビがあんなに情動たっぷりの演技ができたことも驚きだ。ちなみに死神は服装をある程度自由に変えられるらしく、私がこの作戦を考え付いたのもそれが発端だ。

　娘からの言葉を伝えられたコウイチさんは、安堵に顔を綻ばせる。笑うとえくぼができるところは父娘そっくりだ。

「いや、これでいいんだ。直接会って話したところで、多分緊張してロクに口が回らなかっただろうしな。君たちはきっと、俺以上に俺の気持ちをアオイに伝えてくれたって信じているよ」

未練を晴らしたコウイチさんは、全身からキラキラとした光を放ち始めた。残された時間は長くない。

冥界への旅立ちを控えたコウイチさんを、アセビは冷静に窘める。

「謙遜にしても自虐にしても、あまり褒められた考え方じゃないな。確かに自分の気持ちは自分でも分からないものだが、最終的に理解して他人に伝えられるのは自分しかいないんだ」

アセビの物腰はすっかり元通りで、先ほどまでコウイチさんとして振る舞っていたのが嘘のようだ。

私はアセビに同調し、コウイチさんへのエールを送る。

「そうですよ！　コウイチさん、きっと自分で思うほどダメな父親じゃなかったと思います！　もっと自信を持って！」

既に体の大半が透けているコウイチさんは、神に希うように天を仰ぐ。

「ありがとう。輪廻転生が叶うなら、何十年待つことになっても、もう一度アオイの父として……」

全てを言い切る前にコウイチさんは消え去ってしまったが、コウイチさんの願いが叶うことを、私は心の裡でそっと祈っていた。

しばらく余韻に浸ってから、私は出し抜けに沈黙を破る。

「良い言葉だね」

「何がだ」

ぶっきらぼうに訊き返すアセビに、私は廃遊園地での一幕を思い出しながら答える。

「『自分の気持ちは自分でも気付けない』って。コウイチさん、そんなこと言ってなかったのに、よくそんなアドリブが出てきたよね」

あれは私にとって一番の驚きだった。迷えるアオイさんの背を最後に押してくれたのは、恐らくアセビのあの台詞だったから。

褒められたアセビは照れも謙遜もせず、私の顔をまじまじと見つめて言った。

「忘れたのか？　あれ、お前がチナツに言った台詞だぞ」

「あ……そういえばそうだったっけ」

アセビに指摘され、私は記憶を遡る。言われてみれば確かにそうだった。チナツさんを励ましたい一心であまり意識していなかったけど。

私は後ろ手を組み、アセビの顔を覗き込む。

「へー、でも、ふぅーん」

「……何だ」

鬱陶しそうに顔を背けるアセビが可笑しくて、私は思わずにやけてしまう。

「いやぁー、まさかあの無愛想なアセビくんが、あの時の私の言葉を覚えていてくれたなんてねぇー。お父さんの演技もノリノリでやってくれたし、お姉さんは嬉しいなぁー」

「やりたくてやったわけじゃない。仕事の一環だ」

「っていうか、あれ何、『声変わりだ』って。いくら何でも苦し紛れすぎるでしょ。すんなり受け入れたアオイさんもアオイさんだけど」

「殴るぞ」

つれない態度を取ってはいるものの、当初はあれだけ冷淡だったアセビも、少しずつ人の感情の機微を理解できるようになっているのかもしれない。

死神のアセビと少しずつ心を通わせている感覚が、私には何だか心地よかった。

5章　祖母と孫

リュウスケくんが事故に遭った時のことは、正直あまり思い出したくない。

頭から落ちて、血がいっぱい流れて、呼びかけても全然答えてくれなくて、生きていたのは本当に奇跡的だった。事故を起こした人に憤りを覚えたのはその通りだけど、目覚めたリュウスケくんは恨み節を言うどころか運転手の心配をするものだから、そんな彼と接し続けるうちに私の中の怒りもどこかに消えてしまっていた。一番苦しんでいるリュウスケくんを差し置いて私が怒る道理なんてない。死にかけたことを怒るくらいなら、生きていることを喜ぼう——リュウスケくんはそういう人だ。

ただ事故の瞬間、何か重大なことがあったはずなんだけど、私はそれが何だったか思い出せずにいる。リュウスケくんも頭を打った影響で記憶が一部飛んでいて、現時点でそれを確かめる手段はない。もっとも事故そのものが充分重大な事件だし、そもそも私の記憶違いかもしれないんだけど。

「あのさ、死んだ後の世界って、どんな感じなの？」

アセビにそんな疑問を投げかけたのは、しかしリュウスケくんが死ぬかもという不安ゆえでは断じてなく、純粋な好奇心だった。

颯爽と歩くアセビの横顔は、死神であることを忘れるほどに涼しげだ。

「一言では説明できん。と言うより、俺は死んですぐに死神仕事を始めたから、更に向こうのことはよく分かっていないんだ」

さらりと告げられた事実に、私は立ち止まってアセビを非難する。

「えー？　ツバサくんには悪いところじゃないって言ったのに？　嘘ついたの？」

「嘘じゃない。死んだ人間にとっては、現世に留まるよりはずっとマシな場所だ」

それはそうかもしれないけど、そんなの屁理屈じゃないか。

私はアセビをジロッと見遣り、念押しよろしく尋ねる。

「じゃあ、ツバサくんは天国に行けたんだね？」

「まぁ、お前のイメージする天国というものとは違うだろうが、概ねその理解で間違いない」

相変わらずアセビの答えはふわっとしたものだ。参考になるんだかならないんだか。

釈然としない気持ちのまま、私は別の質問を試みる。

「ならさ、悪いことをした人はどうなるの？　地獄の業火に焼かれて苦しむってよく聞くけど、本当？」

「似たような仕組みはあるが、善悪の基準は人間の法じゃない。死した魂の生前の状況や意図、背景、時代、結果、影響など複雑な要因が加味されて判断が下されるわけだが……絶対的な禁忌とされる基準が一つ存在する」

勿体を付けるアセビが憎らしく、私は先を促す。

「何なの、その絶対的な禁忌って？」

「円環を断ち切る行為だ」

エンカンという単語を漢字で思い浮かべるのに、私は少々の時間を要した。

大体の当たりを付けても、やはり意味はよく分からない。

「円環って……丸のこと？　つまりどういうこと？」

「円環というのは、繋がり、サイクル、輪廻、蓄積、摂理、成長、未来、可能性……そういうものの総称だ。円環をどれだけ断ち切ったか、或いはどれだけ繋いだか、それが死後の魂の命運を別つ判断基準となる。とはいえ総合的に加味されるもので、口で言うほど単純なものでもないが」

何となく分かるような、分からないような、もどかしい感覚だ。

要するに殺人はあの世でもご法度ということだろうか。でも正当防衛みたいなのもアウト？　詐欺とか泥棒はセーフ？　考えれば考えるほど疑問は尽きない。

「うーん、何か曖昧だなぁ。じゃあ人をいっぱい殺した独裁者みたいなのは地獄に行くってこと？　逆に子供をたくさん産んで育てれば天国に行けるって？」

「単純じゃないと言っただろ、それに数の問題でもない。何かをすれば必ず幸せになれるなら、とっくにみんなそうしている」

アセビの答えはぶっきらぼうだが、それゆえの真理でもあった。悪人も善人も、そう簡単に切り分けられるものじゃない。

アセビは横目で私を見、忠告めいた言葉で締め括った。

「ただ、少なくとも理不尽なものじゃない。地獄の業火を恐れるなら、それ相応の振る舞いと心掛けで生きろ、そういうことだ」

結局着地点はそんなよくある道徳論だったが、語るアセビの表情は真剣そのもので、私は黙って頷くことしかできなかった。

四人目の魂は、とある交差点の歩道に佇んでいた。

車通りは多いが人通りは少なく、彼女の姿は遠目にもはっきりと見えた。白髪に洋装の高齢女性だ。足元の魄束を確認し、まず私が声を掛ける。

「こんにちは、お時間よろしいですか？」

「あらまぁ、あなたたち、私が見えるの？　誰かに話しかけられるなんて随分と久し振りだわ」

　女性は私たちに気付くと、口元に手を当ててにこやかに応じた。年齢は七十代から八十代といったところだろうが、立ち姿にも仕草にもそつがなく、上品なマダムといった印象を受ける。

　私もまた背筋を伸ばし、最大限の礼節をもって彼女に接する。

「私たち、あなたのような幽霊の未練を晴らす仕事をしているんです。お話を伺ってもいいですか？　あ、私はシオリって言います」

「そう、若いのに偉いわね。私はリツコ、よろしくね。嬉しいわ、こんな体でこの気持ちをどうやって整理したものかと悩んでいたところだから……」

　そこまで言ったところで、リツコさんは細めていた目を僅かに見開いた。

「……あら？　あなた、どこかでお会いしたことあるかしら？」

「え？　いえ、初対面のはずですけど……」

　私は一応アセビを振り返ったが、やはり彼もはっきりと首を横に振っている。

「右に同じだ。見付けた魂は全て送っているし、送った魂は全て覚えている」

「あ、もしかして前に擦れ違ったのかな？　私の霊感がまだなかった頃とか」

「……かもしれないわ。ごめんなさいね、変なこと訊いて」

　リツコさんは小声で謝り、話を切り替える。

「ええと、そうそう、私の心残りの話だったわね。それはね、孫のシンゴくんのことなの。医学部の入試に失敗しちゃってからずっと落ち込んで、お盆もお正月もずっと勉強漬けで全然会えなくて。息子は『心配いらない』って言っていたけどとても信用ならないし、あの子が今どうしているのか、ちゃんと元気に生きているか……それが気掛かりで」

　孫を気遣う祖母という遺恨自体は特段珍しくないが、その中間に問題を孕（はら）んでいるようなリツコさんの言い方が私は気になった。

「リツコさんの息子って、シンゴくんのお父さんのことですよね？　どうして信用できないんですか？」

「ウチね、夫の代から続く医師の家系で、私の息子夫婦も両方医師なの。夫も息子も自分の子供に『医師を継げ』って口を酸っぱくして言って、教育方針もかなりスパルタで、私がやめさせようとしてもまるで聞く耳を持たなくて。シンゴくんにはシンペイくんっていうお兄さんがいるんだけど、あの子はとても優秀で医学部にも一発合格して、だからシンゴくんもプレッシャーを感じたんでしょうね。息子は息子で『シンゴは三浪四浪させてでも医師にさせる』って張り切ってるみたいだけど、どうしてもっとシンゴくんの意思を尊重してくれないのかしら……」

よほど厳しい親なのか、リツコさんの眉間には深い皺が寄っている。

リツコさんの話を聞き、今度はアセビが質問した。

「本人がこだわっているわけじゃないのに、なぜそこまでして医師を継がせたがるんだ？　医学部じゃなければもっと合格のハードルは下がるんじゃないのか？」

「医師はお給料が高いし、病院では医師の言うことが絶対なのよ。だから夫や息子みたいな古い考え方の人は、『医師に非ずんば人に非ず』なんて考えちゃって、それで子供も自分と同じ医師にさせたがるんだと思うの。自分に自信を持つのは結構なことだけど、過ぎたるは及ばざるが如しよ……何事もね」

憂いに満ちたリツコさんの言葉で、私はチナツさんのドクター評を思い出した。社長や政治家が我が子に職を託したがるのも似たような理屈だろうか。ごく一般的な会社員の家系の私にはあまり想像つかないけど。

ともあれ、これ以上はリツコさんと話しても詮無きことだ。

「一通りの事情は分かりました。シンゴくんの様子が分かり次第、またお邪魔させて頂きますね」

「ありがとう、よろしくお願いね」

リツコさんの物腰は死者とは思えないほどたおやかで、生前の人徳が垣間見えるようだ。私もリツコさんみたいに歳を取れればいいな――

――あれ？　何だろう、何かが引っ掛かるような……？

「何してる、行くぞ」

「う、うん」

私の頭の片隅にちらついたささやかな謎は、アセビの催促で掻き消えてしまった。

シンゴくんの住所は閑静な住宅街の一角にある、洒脱な外観の一軒家だった。ガレージには煌びやかな銀光を放つベンツが駐められていて、車にさほど関心のない私でさえ思わず息を呑んでしまう。

恐る恐るインターホンを押してみると、若い男性の声で応答があった。二、三のやり取りの後、足音が近付いて玄関の扉が開く。

「シンゴの友達？　珍しいね、上がりなよ」

現れたのは爽やかな印象の好青年だった。年齢は二十を超えたくらいだろうか。百八十センチはありそうな身長にぱっちりとした二重瞼、線の薄い整った輪郭が目を引く顔立ちで、モデルをやっていると言われても納得できるほどだ。服装こそダボッとしたフード付きの部屋着であるものの、それすらも一つの愛嬌に思えてしまう。

私は背筋を伸ばし、彼に挨拶した。

「初めまして、シンゴくんのお兄さんですか？」

「ああ、俺はシンペイ、よろしく……」

その時、笑顔のシンペイさんは突然真顔になり、私の顔をじっと見つめてきた。

気にしない振りに徹しようとするも、シンペイさんはなかなか視線を外してくれず、私はおずおずと口を開く。

「……えっと、どうかしましたか？」

私の問いかけで、シンペイさんは我に返ったように笑顔に戻って答えた。

「あぁごめん、君、とても可愛いなって思って。シンゴにこんな友達がいたなんて驚きだよ」

「や、やだなぁ、お上手なんですから……」

私は両手を頬に当て、大袈裟に照れてみせた。お世辞であろうと嬉しいものは嬉しい、シンペイさんのようなイケメンであれば尚更。

　そんな私の横から強引に割り込み、アセビはぶっきらぼうにシンペイさんに訊いた。

「シンゴはどうしている？」

「週四の予備校通い以外はずっと引きこもっているよ。勉強してるとは言っているものの、実際はどうだか」

　肩を竦めるシンペイさんに、アセビは食い気味に言った。

「会って話がしたい、案内してくれ」

　アセビの性急な言葉遣いに、私は少し違和感を抱いた。こいつ、こんなにせっかちな奴じゃなかったと思うけど。

　幸いシンペイさんは気に留めていないようで、快く私たちを家の中に迎え入れてくれた。広々とした清潔な玄関に恐縮する私に対し、アセビは横柄とも取れる態度でズカズカ踏み込む。

　シンペイさんの後に付いて階段を上がりながら、私はアセビに耳打ちした。

「ちょっとアセビ、何不貞腐れてんの」

「別に不貞腐れてなんかいない」

　アセビは素っ気なく突っ撥ねたが、やはりその一言にも苛立ちが見え隠れしているような気がしてならない。

何こいつ、まさか嫉妬してんの？　そりゃ褒められれば嬉しいけど、生憎私はリュウスケくん一筋ですから。ましてやあんたの所有物じゃありませんから。

心の中で文句を付けたりベッと舌を出したりしていると、シンペイさんは二階の突き当たりの部屋の前で立ち止まった。拳でドンドンと荒っぽくドアを叩き、呼びかける。

「おい、シンゴ！　友達が来てるぞ、開けろ！」

返事はない。シンペイさんは断りもなくドアノブを捻ったが、すぐに離して首を横に振る。

「ダメだな、鍵も掛けてる。一家の恥晒しが……まぁ、多分無視しているだけだと思うから、用件はここから伝えて。俺は居間にいるから、帰る時は一声掛けてくれな」

シンペイさんは口早にそう言うと、私とアセビの横を通って階下に下りていった。

どうやら今のシンゴくんは、家族にも心を閉ざしてしまっているらしい。

私はアセビと顔を見合わせた後、控えめにドアをノックする。

「あの～、シンゴくん？　私、中学時代の同級生のシオリだけど、開けてくれないかな～……？」

耳をそばだてるも、返事はない。まさか死んでいるんじゃ……？　と思ったけど、中で何かが動いているような気配はある。シンペイさんの言う通り、無視を決め込んでいるだけのようだ。嘘がバレてる可能性もあるけど。

交代で前に出たアセビは、強めにドアを叩いて言った。

「長居はしない。十分程度で済む。大事なことだ、直接話がしたい」

「……帰って。僕、勉強で忙しいから」

辛うじて聞こえてきた返事は、そんなにべもないものだった。

「……ったく」

アセビは大儀そうに髪を掻き上げたかと思うと、その姿が霧のように薄れ消えた。

直後、シンゴくんの部屋の中から、素っ頓狂な声が漏れ聞こえてきた。

「わっ、なっ、何⁉」

シンゴくんの動転した声に答えたのは、カチャリという鍵が開く音だった。無遠慮に開かれたドアから、アセビの仏頂面が現れる。

「何が勉強だ、ベッドでスマホ弄ってるだけじゃねぇか。おい、入れ」

「便利なもんだね、死神って……」

部屋は結構な荒れ様だった。カーテンが閉め切られた薄暗い室内は、赤本や参考書、脱ぎ捨てた服やスナック菓子の袋なんかが床に取っ散らかっていて、気を付けないとうっかり踏んでしまいそうだ。換気を充分にしていないのか、汗っぽい臭いが鼻を突き、私はつい顔を顰めてしまう。この様子だと布団もどれだけ干していないことか。

そして部屋の主であるシンゴくんは、青白い肌にボサボサ髪で、シンペイさんとは対照的な姿をしていた。服は中学生が着るようなジャージで、落ち窪んだ目元には自信の無さがありありと滲み出ている。肥満というほどではないが、全体的に丸みのある体型だ。

スマホを胸の高さに掲げたシンゴくんは、回らない舌で私たちに精一杯の警告をしてきた。撮影でもしているのだろうか。

「ま、待て！　これは不法侵入だぞ！　警察呼ぶぞ！」

「黙れ、さっさと開けないお前が悪い。警察を呼んだところで俺は消えるから、お前が無駄に時間を取られるだけだぞ」

「あの、私がいること忘れないでね？」

シンゴくんを一蹴するアセビに、私はそう念押しした。シンペイさんの許可を得ているとはいえ取り残されるのは不本意だ。

シンゴくんはスマホを持った手を下ろし、後退りして問い質してくる。

「な、何なんだよ、お前ら！　全然見覚えないぞ！」

アセビが能力を見せてしまった手前、どう答えたものかと私が決めあぐねていると、アセビは何でもないことのように背後の私を親指で差して言った。

「俺は死神だ。こいつは助手。お前の祖母の依頼で、お前の現状を確認しに来た。中学時代の同級生ってのは適当な出任せだ」

「ちょ、ちょっとアセビ、死神ってこと話して大丈夫なの？」

「伏せた方が基本的に都合がいいってだけだ。今回は話した方が早い」

慌てる私を一瞥し、アセビは平然と言ってのけた。まぁ、確かに直接話をするにはアセビの能力が必要だったし、仮にシンゴくんが誰かに話したところで信じてもらえるわけもないか。

アセビの自己紹介を受け、シンゴくんは引き攣った笑いを浮かべている。

「は、ははっ、死神ってそんなの信じるわけ……」

「信じてくれなくてもいい。私たちはただ、あなたに話が聞きたいの」

私はシンゴくんの言葉を遮り、アセビの隣に立った。

二人組の男女に詰め寄られて尻込みするシンゴくんに、手短に経緯を説明する。

「亡くなったシンゴくんのおばあちゃん、死んだ後もシンゴくんのことを心配していたよ。お正月にもお盆にも会えなくなったけど大丈夫かなって。私たちはそれを確かめるために来たの」

その言葉を聞いた途端、シンゴくんの顔から怯えが消えた。

代わりに不愉快そうに眉根を寄せ、ベッドに身を投げ出すようにして腰掛ける。

「……何だよ、そういうことかよ。手の込んだ小芝居だな」

何か見当違いな納得をした様子で、シンゴくんは早口に捲し立てる。

「おばあちゃんの話をして僕のやる気を煽ろうって、そういう魂胆なんだね。誰の差し金か知らないけど、僕はやらないんじゃなくてやれないんだ。既に全力を出してこれなんだよ。失望させたなら悪いけど、心配しなくていいよ。次の医学部受験に失敗したら、どこか迷惑にならない所で死ぬから。三浪して合格できない出来損ないなんて、死んだ方がマシだから」

「ちょ、ちょっと待って、何でそうなるの⁉　そんなことしたら余計にリツコさんが悲しんじゃうよ！」

シンゴくんからとんでもない発言が飛び出し、私は泡を食って彼を宥めようとした。

しかしシンゴくんは鬱陶しそうに腕を振り、嫌悪感を露に反駁する。

「いつまでその設定を続けるつもりだよ！　おばあちゃんを持ち出したら僕が感銘を受けて、とんとん拍子に合格できるだろうって、そんな子供騙しに僕が引っ掛かるとでも思ってるのかよ！」

「じゃあ、死んだらどうでもいいって言うの⁉　あなたにとっておばあちゃんは、その程度の価値しかない人だったたって言うの⁉」

声高に説得を続ける私に、シンゴくんは露骨に口元を歪めて悪態を吐く。

「正直、いい迷惑だったよ。美味しくない料理を食べさせられたり、いらないお節介をいちいち焼いてきたり。きっとおばあちゃんは『孫に優しくする自分』に浸ってただけだったんだろうな、死んでくれてせいせいした――」

「バッカじゃないの⁉」

私は間髪いれず右手を振り抜き、シンゴくんの頬を張っ倒した。

不意打ちのビンタにシンゴくんはベッドから無様に転げ落ちてしまった。横ざまに倒れ込むシンゴくんに、私は怒り心頭で声を荒らげる。

「受験に失敗したくらいで死ぬなんて言ったり、優しくしてくれたおばあちゃんの悪口言ったり！　自分の思い通りにならないからって、そうやって塞ぎ込んで当たり散らして、それがどんだけ周りに迷惑と心配を掛けてるかちょっとは考えたら⁉」

「おいシオリ、落ち着け！」

アセビが仲裁に入っても、私の興奮はなかなか冷めやらなかった。自殺を仄めかしている分、チナツさんの時とは桁違いだった。命を軽んじる発言が、これほど癇(かん)に障るものだったなんて。

シンゴくんは頬を摩りながら立ち上がり、消え入りそうな声で言った。

「気が済んだなら、もう帰ってくれよ。一発だけなら見逃すけど、今度は本当に警察を呼ぶよ」

私としてはこのままリアルファイトに突入しても構わなかったが、シンゴくんに戦意はないし、アセビも目配せで撤収の意を伝えてきている。これ以上ここに居ても私たちにやれることはなさそうだ。

部屋を出る直前、私は一縷(いちる)の望みに懸け、シンゴくんに忠告した。

「君は何も分かっていない。もう一度しっかり考えてよ。君のおばあちゃんが、昔も今もどれだけあなたのことを想っているか」

「分かっていないのは君たちの方だろう。何も知らないで分かった気になるなよ」

しかし、望みも虚(むな)しくシンゴくんは私の言葉を退ける。

そして、ベッドに深く腰掛け、俯いた横顔に自嘲を湛えて呟いた。

「死んだおばあちゃんだって、今ごろ医者になれない僕に失望しているさ」

階段を下りると、足音を聞き付けたのか、一階でシンペイさんが待ち構えていた。

下りてくる私たちを見上げ、シンペイさんは興味深そうに訊いてくる。

「シンゴはどうだった？　……その様子だと、やっぱりダメだったみたいだね」

シンペイさんが自己解決してしまうほどひどい顔をしているらしいが、今さら改める気にもなれない。それくらいシンゴくんの言動は腹が立ったし、ショックだった。

シンペイさんは窮屈そうに伸びをし、あけすけにぼやく。

「あーあ、あんな無能な奴、いっそのことどこかでくたばってくれればいいのにな」

「あの、いくら何でもそういう言い方は……」

私がそう窘めようとすると、シンペイさんは予期していたかのように切り返してきた。

「君はアレと無縁だからそういう優しいことが言えるんだよ。君だって高卒ニートの世話なんてしたくないだろ？」

「それは……」

確かに肯定はできないが、そういう反論の仕方は卑怯だと思う。

もやもやした気分で口を噤んでいると、シンペイさんは先行きを憂えるように深く息を吐く。

「まぁ、進路を押し付ける父さんも父さんだけど、シンゴも医者になんかこだわらなきゃいいんだよ。あんな大学入試ごとき余裕でパスできなきゃ、どうせ六年間の医学部生活も卒試も国試も無理に決まってるんだから。それなのにあいつ、次も医学部を受けるって聞かねぇし」

「えっ？　シンゴくんって、望んで医学部を受験しているんですか？」

私がそんな疑問の声を上げると、シンペイさんは曖昧に笑う。

「本心かどうかは分からないけどね、父さんを怒らせるのが怖いだけかもしれないし。でも少なくとも、二浪のタイミングで僕が他学部を勧めた時は『医学部じゃなきゃダメなんだ』とか言ってたよ。何を一丁前に義務感に駆られているんだか。あの調子じゃ次も落ちるだろうな」

語るシンペイさんは呆れた様子だが、落ちたからこそ遅れを取り戻すために尚更医学部を目指さなければならないと考えているのかもしれない。コンコルド効果と揶揄（やゆ）されようとも、本人としてはそう簡単に割り切れるものでもないのだろう。

私は天井を見上げ、シンペイさんに訊いてみた。

「シンゴくんって、最近亡くなったリツコさんとの折り合いは悪かったんですか？」

「ばあさんと？　いやいや、そんなわけ。シンゴは絵に描いたようなおばあちゃん子だったし、ばあさんもシンゴをいつも可愛がっていたよ。考えてみれば、シンゴが引きこもるようになったの、ばあさんが死んだ影響もあるかもしれないな」

「うーん……？」

シンペイさんの反論は半ば予想通りで、だからこそ余計に不可解だ。私たちを追っ払うための方便だとしても、あの罵倒は度を越している。

アセビも私と同じことを思ったようで、念押しのようにシンペイさんに尋ねた。

「慕っているように見せかけて、実は心の中で鬱陶しがっていたり、嫌っていたりという可能性もないのか？」

「全否定はできないけど、まぁまずないでしょ。年に数回会う程度の、それも思いっきり甘やかしてくれるばあさんを毛嫌いする理由がない。ばあさんが死んだ時も火葬の時も、あいつだけ泣いてたくらいだぜ」

気になる点があるにはあったが、心の中が誰にも見えない以上、シンペイさんからこれ以上の情報を引き出すのは無理だろう。あとはリツコさんとシンゴくん本人に訊くしかない。

玄関で靴を履いてドアノブに手を掛け、そこで私は失念していた疑問を思い出した。

「あの、不躾（ぶしつけ）なことを訊くようですけど、リツコさんの死因は何だったんですか？」

私に訊かれたシンペイさんは、そこで初めて飄々とした表情を崩して言った。

「持病の心疾患だよ。道端で突然発作を起こして、搬送先の病院で死んじまったんだ。まるでじいさんの後を追うみたいにな」

シンゴくんの現状についての報告を受けたリツコさんは、暫し悲しそうに瞑目していた。

真実を打ち明けるべきか否か迷ったが、私は包み隠さず伝えることにした。心を痛めるリツコさんを見るのは私もつらい。それでも、ここで気休めの嘘を伝えて安心させたところで、リツコさんにとってもシンゴくんにとっても本当の意味での解決にはならないような気がした。それにアセビじゃないが、私は嘘をつくのが下手だ。

一分も沈黙していただろうか。リツコさんは瞼を開け、重たげに切り出した。

「……きっと、シンゴくんが今みたいになってしまったのは、私のせいなんだと思うわ」

「どういうことですか？」

リツコさんの口調は、具体的な心当たりがあると言いたげなそれだった。

私の質問を受け、リツコさんは済まなそうに目を伏せて訥々と語る。

「シンゴくんね、中学生くらいの時に、ちょっと不安定になっていた時期があったのよ。私の前では心配させないように『何でもない』って言ってたけど、一度だけ『テストの成績が悪くてこのままじゃお医者さんになれない、どうしたらいいんだろう』って弱音を言ってくれたことがあって。それで私、シンゴくんを安心させたい一心で、つい言っちゃったのよ。『大丈夫よ、シンゴくんならいつか必ず、お兄ちゃんやお父さんよりもずっと凄腕のお医者さんになれるから』って」

「え？　それの何が悪いって……」

困惑する私を他所に、アセビは得心した様子で一言。

「なるほど、余計にプレッシャーにさせてしまったってことか」

「ええ。シンゴくん、本当はあんな言葉を掛けてほしかったわけじゃないと思うの。『お父さんに言われたからって、無理にお医者さんを目指す必要なんてない。シンゴくんはシンゴくんの人生を歩めばいい』って、あの時の私はきっとそう言うべきだったのよ。それは私にとっての本当の望みでもあったんだから」

「考えすぎですよ。その言葉が原因だって決まったわけじゃないですし」

リツコさんの言葉を聞いても、私はいまひとつ釈然としなかった。身も蓋もない話をするなら結果論でしかないし、仮にその通りだとしても、この件に関して責任があるのはシンゴくんの側であるように思う。

私の意見に頷きながらも、リツコさんは浮かない表情だ。

「そうかもしれないわ。でもね、どうしても思い出してしまうのよ。あの日のシンゴくんのつらそうな目を。そして考えてしまうの。あの日、どうしてよりによってあんなことを言ってしまったんだろうって……あんなに可愛がっていたのに、私はおばあちゃん失格よ」

目尻を拭うリツコさんを、私は何とも言えない気持ちで見守ることしかできない。病死し、孫にあんな罵倒をされて尚、リツコさんはシンゴくんのことを想って涙しているのだ。

落ち着いたリツコさんは、体の前で両手を重ね、丁寧に頭を下げた。

「何度もお使いに行かせるみたいで申し訳ないけど、お二人にお願いできるかしら。さっきの私の言葉をシンゴくんに伝えてほしいの。それともう一つ、『遅くなってしまったけど、本当にごめんなさい。あの日の私の言葉はもう忘れて』って」

「伝えるのは構わない。だが、その言葉を伝えるだけで、本当に孫は現状を打破できると思うか？」

アセビの言葉には、リツコさんやシンゴくんの覚悟を試すような、どことない威圧感があるように感じられた。

　アセビの問いかけに、リツコさんは物怖(ものお)じすることなく答える。

「すぐには難しいかもしれないわ。何ヵ月、ひょっとすると何年も掛かるかもしれないけれど、それでも言葉が届きさえすれば……いつかシンゴくんは、硬い殻を破って立ち上がってくれる。私は、そう信じているの」

　そしてリツコさんは、皺だらけの顔を綻ばせて断言した。

「だってシンゴくんは、とても優しくて賢い、私の自慢の孫だもの」


　翌日の昼下がり、自室のドアを開けたシンゴくんは、その場で呆然(ぼうぜん)と立ち尽くした。

　私とアセビが、床とベッドで彼の帰宅を待ち構えていたからだ。今日はシンペイさんが留守にしていたから、アセビの力で不法侵入という形を取らざるを得なかった。

　シンゴくんは不愉快そうに顔を歪め、吐き捨てる。

「……何で君たちがまたいるんだよ」

「何度でも来るよ。君に伝えなきゃならないことがある限り」

　私の宣言を、シンゴくんは鼻で笑い、肩掛け鞄(かばん)から取り出した紙切れを投げ付けてきた。

「これを見ても、まだそんなことが言えるのかよ」

ひらひらと舞い落ちるそれを掴み、私とアセビは覗き込む。細々とした数字と赤青のグラフが並ぶそれは、模試の結果表だった。

視線を落とす私たちに、シンゴくんは自虐的に呟く。

「笑えるだろ、二浪の秋にD判定。こんな結果見たら、父さんブチ切れだろうな。受験後と言わず今すぐ死んだ方がいいかも」

「だから何でそうなるの！　模試だの入試だの、そんなもので生き死にを決めるなんておかしいよ！」

私は顔を上げ、シンゴくんに模試の結果を投げ返した。

シンゴくんは突っ返された結果表を一顧だにせずグシャッと丸めると、思い詰めた表情で声を荒らげた。

「そう思うならもう放っておいてくれよ！　そもそも、別に僕は医者になりたいわけじゃないんだ！　医者になれるイメージも、なった後に幸せな人生を歩めるイメージも湧かないんだよ！　今日まで散々お金を掛けてもらっているのにまるで結果を出せない、どうしようもない社会のお荷物なんだよ、僕は！」

「じゃあ、そう言えばいいじゃん！」

私が負けじと声を張り上げると、シンゴくんはたじろいで口を噤んだ。

私は両手を握り、シンゴくんを睨み据えながら訴える。

「医学部を受けたくない、僕はもうつらい、違うことをしたいって、お父さんに言えばいいじゃん！　死ぬだの何だのは、今できること全部言い尽くしてやり尽くして、その後からでも遅くないはずじゃん！　あなたはまだ生きているんだから！」

私はシンゴくんに詰め寄り、両手を彼の肩に乗せて強引に目を合わさせた。リッコさんの言葉を彼に伝えるには、こうするしかないと思った。

「シンゴくん、リッコさんからの伝言だよ！　『本当にごめんなさい。あの日に言ったことはもう忘れて。そして、これからはお父さんの希望じゃなくて、シンゴくん自身の人生を歩んでほしい』って！　これを聞いても、まだおばあちゃんのことが嫌いだなんて言えるの⁉　死にたいって言えるの⁉」

私の、そしてリッコさんの言葉を聞き、シンゴくんは目を見開いた。

私が手を離すと、シンゴくんは力無くその場に頽れた。私とアセビを交互に見て、蚊の鳴くような声で問い質す。

「まさか、本当……なのか？　君たちは本当に死神で、死んだおばあちゃんが僕のことを心配してくれているって……」

「最初からそう言っているが、今回は随分と素直に信じたな」

アセビが冷ややかな眼差しを向けると、シンゴくんは視線を背けて頷く。

「信じるよ。あの日に話したことは、僕とおばあちゃんだけの秘密だから」

私の中に一縷の希望が見えた。やはりシンゴくんはリツコさんのことを嫌っているわけじゃない。

私は床に両膝を突き、シンゴくんと同じ目線で言った。

「じゃあもう、死のうなんて思うのはやめようよ！　リツコさん、本当にシンゴくんの心配をして、今でも成仏できないくらいなんだよ！　それなのにシンゴくんがいつまでも落ち込んでちゃ、リツコさんもずっと浮かばれないよ！」

「余計なお世話だって言ってるだろッ！」

シンゴくんは短く叫び、私を遠ざけようと腕を振った。

向けられた敵意の意味が分からず当惑していると、シンゴくんは両手で頭を抱えて苦悶(くもん)の声を上げる。

「何で死んでまで僕に関わってくるんだよ！　ようやくだったんだ！　おばあちゃんが死んで、ようやく僕も心置きなく死ねるって思ったんだ！　優しくしてくれたおばあちゃんだけは裏切りたくなかったし、悲しませたくなかったから！　みんなが僕のことを嫌ってくれればこんなクソみたいな世界に未練なんて何もないのに！　それなのに、それなのに……！」

　シンゴくんは天井を仰ぎ、絶叫した。

「おばあちゃんが僕のことを大事に想ってくれるから、僕は死ぬことすらできなくて、だからこんなにつらいんじゃないかぁぁ――ッ！」

　シンゴくんのその嘆きで、私はようやく彼の内面の一端を理解した。リツコさんにとって孫がそうだったように、シンゴくんにとっても祖母が未練だった。だから敢(あ)えて自分からリツコさんを嫌い、同時に嫌われていると思い込むことで、一種の合理化を図ろうとしていたのだ。

　しかし、そんな心の機微などお構いなしと言った様子で、アセビは苛立たしげに髪を掻き毟って怒号を上げた。

「あーもう！　めんどくせぇ！　俺たちは便利な伝書鳩(でんしょばと)じゃねーんだよ！」

　そして右手を真横に伸ばし、闇を寄り集めて大鎌を召喚する。随分と久々のご登場だ。

　そのまま大鎌を両手で構えるアセビを、私は手を伸ばして止めようとする。

「ちょっと、何すんの！」

「口で言っても分かんねぇんだよ、こういう奴は！」

私の制止を振り切り、アセビは怯えるシンゴくんの体を真っ二つに切り裂いた。

惨劇を予想し、私は咄嗟に両手で顔を覆ったが、シンゴくんの悲鳴は聞こえなかった。悲鳴を上げる間もなく殺されたのだろうか、と恐る恐る指の隙間から覗くと、そこには傷ひとつなく立ち尽くすシンゴくんと、大鎌を消したアセビがいる。何も変わっていないのに何かが違うような……と思っていた私は、そこでようやく今いる場所がシンゴくんの自室ではないことに気付いた。

場所は古い民家の居間だろうか。窓の外を見るに、シンゴくんの自宅とは恐らく違う。三人掛けのソファでは、眼鏡を掛けたリツコさんが座って編み物をしている。

リツコさんを見たシンゴくんは、目を丸くして駆け寄った。

「お、おばあちゃん⁉　どうしてここに⁉　っていうか、僕、いつの間におばあちゃん家に……？」

しかし、リツコさんは目の前で騒ぐ孫に気付く様子もなく編み物を続けている。耳が遠いというより、シンゴくんの存在に気付いてすらいないような様子だ。

混乱を極めるシンゴくんに、アセビは淡々と説明した。

「ここは記憶の世界だ。お前の魂に干渉して、一番幸せだった過去を呼び起こした。あくまで映像みたいなもんで、この世界の人間に俺たちの姿は見えていないが」

大鎌で体を切り裂いたのは発動条件だったようだ。生者を切り裂けないことは知っていたものの、先にそう言ってくれれば肝を冷やさずに済んだのに。

「アセビ、あんたこんな能力使えるの？　ならもっと早く使えばよかったのに」

「始末書書きたくねぇんだよ。死神が生きている人間の魂に干渉するのは原則禁止されているんだ」

私とアセビがそんなやり取りをしていると、バタンとドアが開き、小さな男の子が居間に飛び込んできた。

背格好や顔立ちは大きく異なるが、それが幼い頃のシンゴくんであることはすぐに分かった。シンゴくんはリツコさんに駆け寄り、手に持った棒のようなものを差し出した。

『おばーちゃん、見て！　肩叩き器作ったからあげる！』

肩叩き器を受け取ったリツコさんは、驚いた様子でしげしげとそれを眺める。

『あらまぁ、シンゴくんが作ったの？』

『うん！　おじーちゃんに手伝ってもらって、庭の竹で作ったんだ！　どう？』

『うふふ、ありがとう、とっても便利よ。シンゴくんはやっぱり天才なのね』

竹の肩叩き器はしなやかに曲がり、効果的に肩や背中を叩ける造りになっているようだ。お手製のプレゼントを貰ったリツコさんは心から嬉しそうに微笑み、頭を撫でられたシンゴくんも幸せそうな笑顔だった。

「そっか……思い出した」

かつて祖母と過ごした仲睦まじい時間を目の当たりにし、シンゴくんは唐突に声を上げた。

開いた自分の手と、祖母に懐く子供の自分を交互に見比べ、シンゴくんは記憶を遡るように独り言ちる。

「僕、嬉しかったんだ。おばあちゃんに手先の器用さを褒めてもらえたことが。夏休みの自由研究で買い物を運べるキャリーバッグを作った時は、おばあちゃんだけじゃなくて先生にも褒められて。そうだ、それで……約束したんだ。おばあちゃんが不自由なく生きられるように、僕が便利な道具をいろいろ作ってあげるって……」

「素敵な約束じゃん！　すごく格好いいよ！」

私は胸元で手を握り、声を弾ませた。やっぱりシンゴくんにだって大切な人を想い、素敵な未来を思い描いていた時期があったんだ。

しかし、シンゴくんは決まり悪そうに目を伏せ、ぼそぼそと言い訳のように呟く。

「でも、約束も何も、もうおばあちゃんは死んじゃったわけで……」

「大事な人が死んだら、その人との大事な思い出もなかったことになるのか？」

シンゴくんが言い終える前に、アセビはそう口を挟んだ。

アセビは無造作な立ち姿で、過去の孫と祖母をじっと眺めている。どんな想いで二人を見ているのか私には分からなかったけれど、少なくとも負の感情の類でないことは明白だった。

「死んだ人間が悲しむ……なんて言葉は好かん。俺は実際に悲しんでいることを知っているが、お前ら生者にそれを認識する術がなければ意味がない。だけど少なくとも、お前の祖母は、お前が今みたいにやさぐれるために死ぬまで愛情を注いできたわけじゃない。何のためかは、お前が一番よく分かっているはずだ」

アセビが掲げた右手をパチンと鳴らすと、記憶の世界は捻れるようにフェードアウトし、次に瞬きした瞬間には薄暗いシンゴくんの部屋に戻っていた。

よろめいて膝を突いたシンゴくんに、アセビは頭上から粛々と問いかけた。

「道は二つに一つだ。『今さら無駄だ』とこの部屋で腐り続けるか、それ以外か」

その日の晩、シンゴはダイニングで、帰宅したばかりの父母と食卓で向かい合っていた。

真剣な面持ちで背筋を伸ばすシンゴに、両親は訝るような視線を送っている。

「シンゴ、どうしたの？　改まって大事な話があるなんて」

「模試の結果はどうだったんだ？　まさかこの時期にC判定なんて取ったんじゃないだろうな。もしそうなら家庭教師を付けて予備校も週六に増やすぞ。それが嫌なら寝る間を惜しんで死ぬ気で勉強しろ」

シンゴの父親は厳めしい顔立ちをしており、声音も低く遠雷のような恐ろしさを感じさせる。

そんな父親に、シンゴはほんの僅かだけ気後れしながらも、深く息を吸い込んで一思いに言い切った。

「僕、次は医学部じゃなくて工学部を受けたいんだ」

シンゴの発言で、ダイニングが一瞬で凍り付いた。

目を剝いてシンゴを睨む父親は、口元を激しく戦慄かせながらも、怒りが整理しきれていないのか言葉が出てこない。彼の代弁をするように、母親が口元に手を当てて、切羽詰まった声でシンゴに尋ねる。

「こ、工学部……？　シンゴ、冗談よね？」

ただならぬ感情を迸らせる二人を前に、シンゴは毅然と言い切った。

「本気だよ。工学部に行って、物作りの勉強をしたい。歳を取って体が弱ったり、病気や事故で不自由になったりした人のために、便利な道具を作る仕事に就きたいんだ。子供の頃、僕がおばあちゃんにキャリーバッグを作ってあげた時みたいに」

「何を夢みたいなことを言っているんだ、お前はッ！」

父親は拳を食卓に振り下ろし、言下に怒鳴った。

壁や照明が震えるほどの怒声だった。父親は憤怒の形相で食卓から身を乗り出し、シンゴに詰め寄る。

「ウチから工学部を出すなんて、そんなバカな話が許されるわけあるかッ！　世迷言を言っている暇があるなら勉強しろ！　二浪したくらいで簡単に妥協しやがって、そんな甘い考えで世の中やっていけると思っているのかッ！」

「妥協なんかじゃない！　僕は本気で工学部に行きたいと思っているんだ！　おばあちゃんとの約束を守って、世の中の役に立つ物作りの研究をしたいんだよ！」

シンゴの表情も口調も、数時間前まで部屋で死んだ目をしていたのが嘘のように強い意志を宿している。

しかしそんなシンゴの想いも、怒り狂う父親には届かない。

「何が約束だ、死んだ人間を持ち出せば無理を通せると思うなよ！　命を救う以上に世のため人のためになることがあるか！　それを言うなら、医学を学んでばあさんと同じ病気に苦しむ人間を救おうと思うのが筋だろうがッ！」

「それは……」

シンゴは言葉に詰まり、俯いた。

しおらしくなった息子を、父親は口角泡を飛ばして叱責する。

「二浪で工学部に入るなんて、冗談も程々にしろ！　医学部がダメなら薬学部、それ以外は認めん！　そんな負け犬人生で、死んだばあさんが喜ぶと思っているのかッ！」

一方的に捲し立てた父親は、シンゴの返事も待たずにダイニングを後にしようとしたが、廊下に出ようとしたところで立ち止まった。

理由は私とアセビが並んで立ち、彼の行く手を塞いでいたからだ。毒気を抜かれた父親に、私は愛想笑いで挨拶する。

「あのー、すみませーん」

見知らぬ闖入者に、父親は怒りと当惑の入り混じった表情で声を荒らげた。

「なっ、何だ、お前たち！　どこから入ってきた！　不法侵入だぞ！」

「すみませーん。だけどお父さん、ちょーっと言い過ぎじゃないかなぁーって思いましてぇー」

精一杯の営業スマイルを取り繕いながらも、私の心は沸々と煮えたぎっていた。シンゴくんが勇気を振り絞って伝えた想いを一蹴する父親には、私たちも一言物申さずにはいられなかった。

アセビは軽蔑の眼差しで父親を見ると、落ち着き払った声音で切り出す。

「医者が随分と偉いみたいな言い草だな、あんた。物作りに携わる人生は負け犬だと。じゃああんたは、勤め先の病院にあるベッドや聴診器や車椅子、レントゲン、血圧計、人工呼吸器、心電図モニター、酸素ボンベ……どれか一つでも自分で作れんのか？」

「何だとぉ……？」

父親は頬の筋肉をひくつかせ、威圧的に凄む。

今にも八つ裂きにしてしまいそうな彼の視線を一笑に付し、アセビは続けて言った。

「この家も、ガレージのご立派なベンツも、食べ物も家電も電気も水道もガスもスマホもパソコンもインターネットも、全部生活に欠かせないもので、全部誰かが作って届けてくれたからあんたは手に入れることができるんだ。命を救うあんたの仕事は確かに高尚かもしれんが、そのあんただって他の仕事に支えられて、初めて患者を治療することができるんだ。そんなことも分からない奴が、偉そうに他人の生き方にケチ付けてんじゃねぇよ」

私は内心で快哉を叫んだ。やるぅ、アセビ。言いたいこと全部言ってくれた。

父親は顔を歪め、私たちを殴りかねない勢いで右腕を横薙ぎにする。

「これはウチの問題だ！　そもそもお前たちは何だ、人の家に勝手に上がり込んで！　世間知らずの子供の分際で、偉そうな屁理屈を言うなッ！」

「屁理屈言ってるのはあなたでしょ！　死んだ人間を持ち出すなって言っておきながら、自分は平然と持ち出したりして！」

「ぐっ……」

父親は歯痒そうに押し黙り、反論した私の胸がすいた。ざまあみろ、何でもかんでも言いたい放題だと思ったら大間違いだ。成り行きを見守るシンゴくんに、私はこっそりウインクしてみせる。

唇を嚙み締めていた父親が、新たな怒声を上げようと息を深く吸い込み。

「もういいじゃん、父さん」

仲裁の声は、第三者によってもたらされた。

いつの間にか私たちの背後には、シンペイさんが立っていた。この上ない修羅場にも拘らず、いつもの飄々とした笑顔で、私たちの間をすり抜けてダイニングに踏み入る。

気勢を削がれた父親の口から、力無い声が零れる。

「シンペイ……」

「シンゴにはもう好きにさせようよ。病院は俺が継げば問題ないでしょ。いいじゃん工学部、手に職付けやすそうだし、このまま挫折してニートになるよりずっとマシだよ。大手の医療機器メーカーも就職先の候補に入るわけだし、身内にそういう他業種の繋がりを作っておくのも悪くないと思うよ」

よく通る声と淀みない言葉遣いで、シンペイさんは瞬く間にその場の空気を掌握してしまった。

父親も優秀なシンペイさんには強く出られないのか、先ほどまでの気炎が嘘のように歯切れ悪くなっている。

「そ、そうは言うが、しかし……」

「やる気がないのに医学部に入らせても、どうせ遠からずドロップアウトするだけだって。シンゴが留年したり医療ミス起こしたりしたらそれこそ家の恥晒しじゃん。それで挙句の果てに『家族に進路を強制されたせい』なんて責任転嫁されたら堪ったもんじゃないよ。そういう逆恨みの殺傷事件、今じゃ珍しくもないわけだし」

朗々と語りながらシンゴくんの隣に立ったシンペイさんは、座ったまま見上げてくるシンゴくんに訊いた。

「シンゴ、妥協じゃないって言葉、嘘じゃないよな？」

「う、うん、もちろん」

シンペイさんの参戦が予想外だったのか、シンゴくんもまた困惑の表情を浮かべていたが、その答えに迷いはなかった。

シンペイさんは壁に背を預け、長い人差し指を立てる。

「じゃあ進学先はT工大にしろ。日本で工学を学ぶつもりなら、あそこを目標にすればまず間違いない。他の大学を目指すにしても、志望理由をはっきりさせて、成績に水準を合わせるような真似はするな。ただでさえシンゴはスタートから出遅れているんだ。レベルの低い大学でだらけたキャンパスライフを送るくらいなら、三浪でも四浪でもして、最高の環境で研究と人脈作りに励め」

一方的に話を進めるシンペイさんは、もはや父親そっちのけだ。

シンゴくんの目をまっすぐ見据え、シンペイさんは念を押すように尋ねた。

「ここから先は言い訳するなよ。いいな？」

「当然だよ」

シンゴくんは立ち上がり、誓いを立てるように頷いた。

シンペイさんは満足そうに笑うと、父親と母親に呼びかけた。

「父さん、母さんも、これでいいよね？」

シンペイさんのその一言で、ようやく両親の硬直が解けた。

重たげに口を開いた父親は、不承不承と言いたげな唸り声を残し、私とアセビの間を強引に抜ける。

廊下に出る直前、父親は振り向きざまに言った。

「……まだ、完全に認めたわけじゃないからな」

「ええ、大事なことですものね。また日を改めて、ゆっくり話し合いましょう」

母親は座ったまま頷き、夫に同調する。一件落着とはいかずとも、大きな山は越えたと見ていいだろう。

嵐が去り、人心地ついたシンペイさんが廊下に出たところで、シンゴくんが追い縋って礼を言った。

「ありがとう、兄貴。庇ってくれて」

「別にお前のためってわけじゃない。家でゴチャゴチャ喧嘩されると、こっちも勉強に差し障るんだ。ニートの弟持ちなんて格好も付かないし、死んだじいさんばあさんだって浮かばれないだろ」

シンペイさんは人当たりのいい笑顔を消し去り、シンゴくんの鼻先に指を突き付けた。

「ただまぁ、貸し一つだ。俺の顔に泥を塗ったら、殺すぞ」

「望むところだよ、兄貴」

力強く頷いたシンゴくんは、私たちの方を振り返って無邪気に笑った。

「死神さんも助手さんも、ありがとう。僕、もう少し頑張ってみる」

「うん！　お父さんに立ち向かうシンゴくん、やっぱりすごく格好よかったよ！」

「ここまでお膳立てしてやったんだ、後は自分で何とかしろよ」

そのまま別れの挨拶を告げ、私とアセビはシンゴくんの家を後にする。

シンゴくんの再起に浮かれていた私は、私を見つめるシンペイさんの視線に、終ぞ気付けなかった。

アセビとシオリが立ち去った後、シンペイはシンゴに尋ねた。

「……死神と助手？　あの子たち、自分のことをそう名乗ったのか？」

「うん、でも死神って言っても悪い人じゃないよ。死んだおばあちゃんの言葉を伝えてくれたり、僕の前でもいろいろ不思議なことをしたり……あぁいや、そりゃ何かのトリックだと思うけどね、死神なんて本当にいるわけないし……」

シンゴは照れ笑いを浮かべ、咄嗟にそう付け加えた。事情を知らないシンペイにこんな話をしても、信じてもらえるわけがない。

しかし、シンペイは笑い飛ばすどころか、より真剣な表情でシンゴを問い詰める。

「トリックって……シンゴ、気付いていないのか？」

「えっ？　気付くって、何に？」

質問の意味を図りかね、シンゴはキョトンと訊き返す。

シンペイはポケットからスマホを取り出すと、画面に指を滑らせてから、無造作にシンゴに投げた。

「見てみろよ。あの子、どこかで見覚えがある気がして、軽く調べてみたんだ。そしたらな……」

　リツコさんに事の経緯を報告する私は、これまでで一番晴れやかな気分だった。シンゴくんがリツコさんの願い通りに再起できたことはもちろん、彼とシンペイさんの確執がある程度緩和されたことも私には嬉しかった。頭の固い両親との戦いは続くだろうが、今のシンゴくんならきっと乗り越えてくれるだろうと、そんな希望が私の中にはあった。

「……ということです。シンゴくんは無事、新しい人生の一歩を踏み出しましたよ」

「ただ、俺たちにできるのはここまでだ。あいつがちゃんと大学に行けるか、そして夢を叶えられるかは、それは今後のあいつ次第になるが」

　私とアセビの話を聞き、リツコさんは感慨深そうに目元を押さえて何度も頷く。

「そう……ありがとう。シンゴくんは強い子だもの。つらいことも大変なこともたくさんあるでしょうけど、きっとこれからは前向きに生きてくれるはず。それだけ分かれば充分よ」

　リツコさんの優しい言葉は、私の胸も温めてくれるようだった。シンゴくんとのファーストコンタクトがアレだっただけに喜びもひとしお――

　――あれ？　何だろう、いつもと何かが違うような……？

違和感があるのに、上手く言語化できない。リッコさんとの初対面の時のような、取るに足りない、しかし無視できない引っ掛かり。

そんなもやもやを抱える私の横で、アセビが顎に手を当てて切り出す。

「よほど孫のことを愛しているんだな。まぁ、だからこそ魂が現世に残るほどの未練になったとも言えるわけだが……」

アセビはそこで言葉を切り、不可解そうにリッコさんに尋ねた。

「あんた、何でまだ現世に留まっているんだ？」

「え？　……あ」

そこで私もようやく違和感の正体に気付いた。いつもなら魂の体が輝きを放ち、冥界に旅立つ前触れが訪れるはずだ。それなのにリッコさんの魂は、今も変わらずそこに在り続けている。

その原因を探るように、アセビはリッコさんの爪先から頭を念入りに眺めている。

「まだ何か孫について未練があるのか？　夢を叶えるまで見届けたいというのは無理だぞ。それほどの時間を現世で過ごせば確実に怨霊化する。それにさっきも言ったが、あいつに関して俺たちにできることは恐らくもう無い」

「未練が無くなれば成仏できるの？　でも、もうシンゴくんについて思い残すことはないんだけどねぇ……」

困惑しているのは頬に手を当ててるリツコさんも同じだ。私は首を傾げ、念のためにリツコさんに訊いてみる。

「じゃあ、他の家族とか、知り合いとか？」

「ううん……そりゃあ何もないってことはないけど、未練っていうほどのものではねぇ。やっぱり私にとって一番気掛かりだったのは、シンゴくんだったから」

分かり切っていた答えだ。シンペイさんは一目見て分かるほどのしっかり者だし、父親に至っては言わずもがな。リツコさんの旦那さんはもう亡くなっているそうだし、友達や知り合い程度の相手が、身内以上の未練になるとは思えない。

気まずい沈黙を経て、アセビは死神の大鎌を召喚した。

「一応、俺の鎌で強制的に冥界に送ることはできるが……どうする？　痛みはないから安心していい」

「ええ、ちょっと怖いけど、じゃあそれでお願いしようかしらねぇ。これ以上ここに居ても仕方ないし……」

背丈ほどの大鎌を見たリツコさんは、少し気圧された様子ながらもそう答えた。そのまま目を閉じ、鎌を受け入れるべく無防備に佇む。

大鎌を両手で構え、アセビは私を振り返る。

「いいな？」

「うん、微妙にすっきりしないけど、今回は仕方ないよね……」

私はポリポリ頬を掻きながら承諾した。まぁ、都合よく死者の未練を全て解決できるという方が本来無理筋なのかもしれない。一番の思い残しであった孫の件は一件落着したわけだし、本人に他の心当たりもないなら、今回は強制成仏という手段を取っても問題ないだろう。

アセビが腕に力を込め、大鎌を振り抜こうとした、その直前。

「いえ、待ってちょうだい」

リツコさんは唐突に瞼を開け、アセビを制した。

アセビは中途半端な姿勢での静止を余儀なくされ、非難の目をリツコさんに向けている。しかし当のリツコさんは、アセビではなく彼の背後の私を見ていた。

リツコさんの尋常ならざる視線を、居心地悪い気持ちで受けていると、リツコさんは唇を震わせて口を開いた。

「……そう、そういうことだったのね。分かったわ」

何なの。一体何が起こっているの。ぞわぞわと這い回るような不安感に苛まれる私に、リツコさんは改まって尋ねてくる。

「あなたのお名前、何て言ったかしら？」

「シオリです。佐竹、シオリ」

聞き間違えのないように、私はゆっくりと名前を告げる。

私の名を聞いたリツコさんは、それを繰り返し声に出した。まるで二度と忘れないよう、口と喉に刻み込むが如く。

「そう、シオリさん、あなたは佐竹シオリさんよ。どうしてこんな大事なことを忘れていたのかしら……私、あなたにずっと言わなきゃいけないことがあったの」

なぜかは分からない。事実として、ずっと引っ掛かっていた謎を言語化できたのは、この瞬間だった。

リツコさんはお出掛け中に持病の発作を起こし、搬送先の病院で亡くなった。

じゃあ、リツコさんの魂は、どうしてこの交差点に留まっているの？

まるでその疑問の答え合わせをするかの如く。

リツコさんは体の前で両手を揃えると、深々と頭を下げ、謝罪した。

「本当にごめんなさい。ウチの主人が、あなたを轢き殺してしまったこと」

6章　死者と生者

私への謝罪の弁を述べた直後、リツコさんはこれまでの魂たちと同じように輝きを放ち、光の柱となって掻き消えた。

しかしこれまでと異なり、消えたリツコさんも、見送る私も、笑ってはいなかった。

別れの言葉を交わすことさえなく、私はカカシのように立ち尽くしていた。

光の残滓が消え、リツコさんの魂の痕跡が完全に失われても、私はその場を動けずにいた。とめどなく震える唇が、ようやく意味のある言葉を発する。

「……どういう、ことなの」

背後に歩み寄るアセビの気配が、不吉なものに思えてならない。

「やっぱり、そうだったか」

得心したようなアセビの台詞が、私の呪縛を解く合図だった。

猛然と振り返り、アセビを問い詰める。

「やっぱりって何⁉　どういうことなの⁉　私を轢き殺したって、何かの勘違いでしょ⁉　だって私は、私は……！」

ここにいる。ここに立っている。それはつまり、生きているということのはずで。

しかし、首を横に振るアセビは、微かな希望を抱くことすら許さない。

「シオリ、お前ももう気付いているはずだ。自分がもう、死んでいるってことに」

「私が、死んで……？」

自分の言葉なのに、他の誰かが言ったような気持ち悪さを感じた。

私を哀れむようなアセビの目が、怖い。

「お前に俺の姿が見えたのは、霊感が強かったせいじゃない。お前が既に魂の存在になっていたからだ。霊感が強かったのはお前じゃなくて、リュウスケの方だったんだよ。だからあいつはお前の姿を見ることができたんだ」

皆まで聞かず、私は首を横に振る。

認めない。認められるわけがない。認めてなるものか。だってそんなのおかしい。辻褄（つじつま）が合わないことが多すぎるじゃないか。

「そんな、だって私、生きている人と話したりしたじゃん！　幽霊にそんなことできるわけないじゃん！」

私の反論に、アセビは懐から取り出した一枚のカードを見せる。私が初日に渡された、死神のライセンスカードだ。

「それは死神のライセンスの力だ。そのライセンスを手にする前、お前は一度もリュウスケ以外の人間とは接触できていなかった。意思疎通ができていると思い込んでいたのか、気付いていながら無視していたのか、俺には判別できんが。嘘だと思うなら、俺に返してみろ」

「嫌だ！　そんなわけない！」

私は拒絶し、目いっぱい声を張り上げた。

こんなに苦しいのに、こんなに怖いのに、私がもう死んでいるなんて有り得ない。

「そんなわけない！　だって幽霊は、一つの場所から動けないんでしょ⁉　私はあちこち動き回れてるじゃん！」

「そう、だから俺も初対面の時に気付けなかったんだ。こんなにはっきりと人間のように振る舞う魂は見たことがなかったからな。だがその例外については、お前も知っているはずだ。現世に留まった魂の末路を」

私は何も繋がっていない足元を見る。そして恐る恐る、右の靴下を下ろしてみる。

私の足首には、不気味な赤い痕跡が残っていた。まるで、足枷で何かに繋がれていたかのような。

「私は、もう……怨霊になっている？」

蚊の鳴くような私の問いかけに、アセビは苦渋の表情で頷き、逆に訊いてくる。

「シオリ、覚えているか？　魂の怨霊化が招く事態について」

整理の付かない脳が、アセビの問いかけで自動的に記憶を遡る。

魂の怨霊化、チナツさんの時にアセビが言っていたこと。

「確か、負の感情が抑えられなくなって、手当たり次第に害を為すって……」

私は気付きを得て、ハッと顔を上げた。

私がいつそんなことをやったと言うんだ。むしろ私は魂の未練を晴らそうと提案し、彼らが笑顔で旅立つ手助けをしていたじゃないか。

「そうだ、そうだよ！　やっぱり違うって！　だって私、そんなこと一つも引き起こしていないんだもん！」

安堵のあまり、私は過呼吸気味に笑った。全く笑い事じゃないが、これが笑わずにいられるものか。アセビが勘違いでとんでもない話を聞かせたばっかりに。

しかし、それでも尚アセビの表情の険しさは深まるばかり。

「やっぱり無自覚か、それとも都合の悪い記憶を抹消したのか……」

アセビは腕を持ち上げ、人差し指をまっすぐ私に突き付ける。

私とアセビの視線が交差したその時、私はアセビが死神であることを、本当の意味で理解したように思えた。

射竦められた私に、アセビは〝その言葉〟を告げた。

「お前なんだよ。これまで送った四人の死は、全てお前が始まりなんだ」

一年前。

私とリュウスケくんは、学校の教室で文化祭の準備に勤しんでいた。

文化祭の実行委員なんてほとんど貧乏クジみたいなものだけど、今年に限っては私は勇んで委員に名乗り出た。理由はもちろん、リュウスケくんが立候補したからだ。そうでもなければこんな面倒事を引き受けるわけがない。

真剣な表情で書類の書き込みや整理をするリュウスケくんを、私は自分の作業もそっちのけで眺める。いつものへにゃっとした笑顔も好きだけど、集中した時のキリッとした顔付きはいつにも増して素敵。こんな風に彼の時間を独占できるだけでも、実行委員に立候補した価値があるというものだ。

リュウスケくんが一息ついたところで、私は慌てて手元の書類に視線を戻した。幸い私が見つめていたことには気付いていないようだ。

「とりあえずこんなところかな……佐竹さん、遅くまで手伝ってくれてありがとう」

「何言ってるの、一番頑張ってるのは花房くんじゃん。ちゃんと休んでる？」

私がそう気遣うと、リュウスケくんは真剣な表情を崩してへにゃっと笑う。

「僕は平気だよ、部活入ってないし。佐竹さんの方こそ大丈夫なの？　部活とか勉強とか、それ以外でも何か用事があれば遠慮なく言ってね」

「うん、ありがとう」

笑顔で答えつつも、私は休む気など毛頭なかった。

窓の外を見ると、既に赤い夕焼けが町を染め上げている。帰り支度をするリュウスケくんに、私は精一杯の自然さを心掛けて切り出した。

「花房くん、えっと、その……よかったら、途中まで一緒に帰らない？」

口にしてしまってから、私はあれこれ懊悩する。やばい、やっぱり唐突すぎたかな、男女で一緒に帰ろうって変なこと疑われても仕方ないよね、いや変なことって実際その通りなんだけどさ、でも文化祭準備でちょっとは親睦も深まったと思うしこれくらいなら、いや急にこんなこと言ってもリュウスケくんにキモがられるだけじゃ――

平静を装いながらも心臓バクバクの私に、リュウスケくんは快く答えた。

「いいよ。最近暗くなるの早くなってきたし、女の子一人じゃ危ないよね」

リュウスケくんの無邪気な笑顔が、嬉しくももどかしい。きっとその笑顔は、私一人に向けられたものじゃない。請われれば誰とでも一緒に帰る、それがリュウスケくんという人だから。

――そうだ。私とリュウスケくんは、恋人関係なんかじゃなかった。全部私の片思いだった。

暮れなずむ町を、リュウスケくんと並んで歩く。たったそれだけのことが私には特別な時間だった。慣れ親しんだ道路も住宅街も、まるでこの時のために誂（あつら）えられた最高級舞台セットのように思えるほどに。

無言でいると緊張が余計に強く感じられ、私は伸びをして何でもない世間話を持ち出す。

「はぁー、それにしても、いつの間にか高二の秋かぁ。文化祭が終わったら本格的に勉強漬けだねぇ……花房くん、卒業後の進路とかってもう考えてる？」

「うん、実は外交官を目指しているんだ。海外で働きたくて」

「えー、すっごい！」

はにかみながらサラッと答えるリュウスケくんに、私は本気で驚かされてしまった。

リュウスケくんが成績優秀なのは知っていたけど、そんな具体的な目標を決めていたなんて。

「じゃあ大学も外語系？」

「うん、まだどこにするかははっきり決めてないけど。佐竹さんは？」

話を振られ、私は視線を落とした。

「私は……まだ決めてないかな。今のところは経済系で考えているけど、そもそも行かないかもしれないし」

言葉にすると、急にリュウスケくんの隣にいるのが恥ずかしいことであるように思えてきた。みんな言わないだけで、とっくに将来やりたいことやなりたいものを決めているのかもしれない。十七にもなって将来のビジョンを何も持っていない私を、リュウスケくんは軽蔑したかもしれない。

だけど、リュウスケくんは私を嗤(わら)いも嘲りもせず、私の答えを受け止めてくれる。

「そっか、まぁ大学全入なんて時代でもないし、お金も掛かるしね。まだ十七だもん、焦らずゆっくり考えればいいよ」

気を遣われた風ではなかったけど、惨めな気持ちは弥増(いやま)したように思えた。

目の前の現実から逃げるように、私は話題を変える。

「あのさ、花房くんって、どうして文化祭の実行委員に立候補したの？　ぶっちゃけ面倒なだけじゃない？」

「そうだね、でも誰かがやらなきゃいけないことだから」

淡々と答えるリュウスケくんが、私にはどうにも理解し難い。

「花房くんが都合よく仕事を押し付けられたり、嫌な気持ちになったりしても？」

「それで済むなら、僕にとってはそっちの方が気が楽かな。仕事を押し付け合ってみんながギスギスするのを見るの、あんまり好きじゃないから」

私だってみんなが険悪になるのを見たいわけじゃない。だけどそのために自分が損を被れるかと言われればノーだ。私の苦労の陰で楽している奴らがいると思うと、むかっ腹が立って仕方ない。

「偉いね、花房くん」

私の賞賛を受けたリュウスケくんは、不思議そうに訊いてくる。

「そう言う佐竹さんだって、委員に立候補したじゃないか」

「私は……ほら、暇だったし、成績あんまり良くないから内申取っとかなきゃっていうアレだから。花房くんみたいな無償の善意とは違うっていうか」

流石に『リュウスケくんが委員になったから立候補した』なんて口が裂けても言え

ない。

リュウスケくんは恥ずかしそうに頰を掻いて言った。

「別に僕だってそんなご大層な動機じゃないよ、本当にその方が気が楽ってだけ。まあ、みんなからは優等生くんってからかわれているけどね」

リュウスケくんは何でもない風に笑ったけど、私は内心ムカムカさせられた。何もしない奴ほど、何も知らない奴ほど、そういう心無いことを平気で言えるんだ。自分の無知や無能を正当化するために他人をバカにできるんだ。

でも、私は知っているよ。

リュウスケくんがいつも頑張っていることも。みんなのために進んで厄介事を引き受けていることも。乾いた花壇に水をやっていたことも。集中すると顎に指を当てる癖があることも。実は睫毛がすごく長いことも。

私はずっと、君のことを見てきたから。

そうこうしている間に、私とリュウスケくんは大きな交差点に差し掛かった。自宅の方向が違うからここでお別れだ。少しでも長く、という私の願いも虚しく、信号はすぐに青に切り替わってしまう。

楽しい時間が過ぎるのは、こんなにも早い。

「それじゃあ、また明日ね、佐竹さん」

笑顔で別れを告げるリュウスケくんに、私は手を小さく振って応じる。

「うん……また明日、ね」

時を少し遡り、私の与り知らないところで、事態は動き出していた。

とある一軒家、厳めしい顔付きの老人が、居間で編み物をしていた老婆に怒ったことが全ての始まりだった。

「おい、お前！　孫の誕生日だってのに、こんなペラッペラの肉でどうしろってんだ！」

肉の包みを振りかざす老人に、老婆は露骨に眉根を寄せて反論する。外向けには淑やかな振る舞いを心掛けている老婆だが、尊大な夫にそのような態度で接することはもうない。

「それが一番いいお肉だったのよぉ。そんな心配しなくても、味はきっと良いはずだから……」

「バカ言え、めでたい日にスーパーの肉なんか出せるか！　出掛けるぞ、準備しろ」

「どこに？」

「牛若丸だよ、昔っから肉はあそこだって決まってんだ。シンゴのやる気が出るように、とびっきりうめぇ肉を買ってきてやらねぇと」

彼がポケットから取り出した車の鍵を見て、老婆は顔を引き攣らせる。

「ね、ねぇあんた、まだ車を運転する気……？」

「あぁ!? 車がねぇでどうやって買い物に行けってんだ！　俺がいつ事故を起こしたってんだ、言ってみろ！」

老人の癇癪に身を竦ませつつも、老婆は再度苦言を呈する。

「だけど、最近そういう高齢者の事故が多いじゃない。もう目も良くないんだし、大変なことになる前に免許を返納した方が……」

「そんなボケ老人と一緒にしてんじゃねぇ！　自分のことは自分が一番分かっとる！　免許も持ってねぇ奴が口出しすんな、ったくこれだから女は！」

「でもねぇ……」

「早くしないと店が閉まるだろ！　あぁ、もういい！　俺一人で行ってくる！」

強引に押し切られれば、もう老婆に抵抗の余地はない。不機嫌そうにドスドスと足音を鳴らして玄関に向かう老人を、不安な面持ちで見送ることしかできない。

そんなことを知る由もない私は、交差点を歩くリュウスケくんの背を、帰路にも就かず見送っていた。私の中には、これまでにない強い葛藤が渦巻いていた。

もっと一緒にいたい。お話をしたい。それもあるけど、それだけじゃない。

リュウスケくんは確固たる将来の夢を持っていて、そのための勉強をしていて、私に打ち明けてくれた。恋人でもない私に、自分の大事な心の裡を晒してくれた。

私一人だけ、本心を隠したままで、本当にいいの？

——そんなの、ノーに決まってるでしょ！

思い立つや否や、私は横断歩道を渡り切ったリュウスケくんに大声で呼びかけた。

「待って、花房くん！」

リュウスケくんは立ち止まり、私を振り返った。彼の顔を見た瞬間、居ても立ってもいられなくなり、私は横断歩道に踏み込んだ。

振られたっていい。嫌われたっていい。これからも彼の隣に立ちたいなら、やるべきことは一つ。

伝えるんだ！　今日、ここで！

私にはリュウスケくんのことしか見えていなかったし、何も聞こえていなかった。

交差点に差し掛かったその車の中では、老人が忌々しげに舌打ちしていた。個人営業の精肉店は店が閉まるのも早いし、そうでなくとも良い肉はすぐに売り切れてしまう。

　そんな焦りと苛立ちが、老人の判断力を奪っていた。

「クソッ、また赤かよ……」

　老人は悪態を吐き、右足に触れたペダルを強く踏み込んだ。それがブレーキではなくアクセルであることにも気付かずに。

　必然、車は止まるどころか、急激に加速する。

「ん、あれ、おかし」

　違和感を覚えるも、ブレーキと勘違いしている老人は余計にアクセルを踏み込むばかり。

　本当に一瞬だった。視界の端に何かが見えた気がした瞬間、私は体側に猛烈な衝撃を受けて吹っ飛ばされた。何が起きたか理解する暇も、痛みを感じる余裕すらもなく、地面に突き倒された。

　私を轢いても尚、自動車は止まらなかった。私の体に、顔に、脚に乗り上げて容赦なく押し潰し、ガードレールにぶつかり、そこでようやく停止した。

　激しい耳鳴りで何も聞こえないけど、伏せたアスファルトのざらざらした感触と匂い、そして体の奥底から湧き上がってくるような灼熱の痛みで、私はようやく車に轢かれた実感が湧いてきた。それでも、私の中には悲しみも怒りもなく、ただ『どうして』という困惑だけがあった。

耳鳴りの向こうから、誰かが私に呼びかけているのが聞こえる。目だけを懸命に動かしてみると、その正体はリュウスケくんだった。

「佐竹さんっ⁉ 佐竹さん、しっかりして！」

必死の面持ちのリュウスケくんが、妙に可笑しく思えた。大袈裟だなぁ、これくらいで私が死ぬわけないじゃん。安心させなきゃと体を起こそうとするも、指一本動かせない。せめて声だけでもと思ったが、ヒューヒューという細い呼吸が漏れるだけ。

あれ、これもしかして、マジでヤバいやつ？

「誰か、誰か助けてくれませんか⁉ お医者さん、看護師さんの方は⁉」

薄れゆく視界の中、声を張り上げるリュウスケくんの背後で、何人かの大人がスマホを向けているのが見えた。顔を背けようとしても、首すら満足に動かせない。

やめてよ。こんなところ撮らないでよ。誰でもいい、何でもいいから、私を助けてよ……

何も見えない、何も聞こえない虚無の中。

存在していたのは一つの未練だった。

言えなかった。たった一言、〝好き〟という言葉だけが。

そんな未練さえも、次第に闇の中に呑まれて薄れていくのが分かる。失うまい、手放すまいと、あるかも分からない腕をがむしゃらに振り回す。

嫌だ、このまま消えたくない、死にたくない――

「えっ？」

気付けば私は、あの交差点に立っていた。体を見下ろしてみると、やはりあの時と同じ高校の制服で、体には傷も痛みもない。

どうして？　もしかして、全部ただの夢だったの？　そう思って周りを見回すと、真新しいガードレールの傍に献花と、手を合わせる一人の少年がいることに気付いた。

後ろ姿だけでも、彼が誰であるか私にはすぐ分かった。

「花房くん！」

私が大声で呼びかけると、リュウスケくんは振り返り、私の姿を間違いなく捉えた。

その場に立ち尽くし、信じられないものを見るような目で私を凝視している。

「佐竹さん⁉　何で、どうして……⁉」

彼の驚愕の意味を、私は深く考えていなかった。またリュウスケくんに会えた喜びのまま駆け寄ろうとした私は、足首を何かに取られて引き戻された。

見れば私の足は、謎の枷と鎖で地面と繋がれている。引っ張ったり叩いたりしてみるが、枷も鎖もまるで歯が立たない。

「な、何これ……全然抜けないんだけど……？」

何の嫌がらせだと困惑するが、とりあえず後回し。

私はゆっくりと歩み寄るリュウスケくんに、喜色も露に言った。

「花房くん！　よかった、私、変な夢見たんだ！　花房くんと一緒に帰っている時に、車に轢かれてグチャグチャになる夢で、すごく痛くて怖くて、まぁそんなわけないんだけど！　それはともかく手伝ってくれないかな、何かこの鎖のせいで動けなくて――」

過剰なくらいの笑顔で早口に捲し立てる私と対照的に、リュウスケくんは重苦しい表情でゆっくりと切り出す。

「……佐竹さん。落ち着いて、聞いてほしいんだ」

「……えっ？」

それから、私は全ての経緯を聞かされた。事故が夢ではなかったこと、私は轢死して既に葬式も火葬も終わっていること、事故は高齢者のアクセルの踏み間違えによって起こされたこと、運転手の老人も死亡してしまったこと、今の私が恐らく幽霊のような存在であること。半信半疑だったけれど、通りすがりの人の目の前で叫んだり立ち塞がったりしても全く相手にされなかったから、信じるより他なかった。

私を見ることができたのは、生まれつき霊感が強いリュウスケくんだけだった。

強がりだと思われるかもしれないけど、彼から話を聞いた時点では、覚悟していたほどの絶望感はなかった。死んだことは残念だけど、私はこうしてここにいる。リュウスケくんとお話ができる。お腹は空かないしトイレにも行かなくていい。私にとってはそれだけで充分だった。

最初はそれでよかった。それでもだんだん、一人屋外で夜を明かす時間や、リュウスケくんと会えない日、私と話す彼に向けられる周囲の奇異の眼差しが、苦痛に感じるようになり始めた。自分がどうしようもないこの世の異物であることを痛いほど理解させられながらも、鎖のせいで逃れることさえ許されない。こんな状態でリュウスケくんに告白なんてできるはずもなかった。

それでも、リュウスケくんと何気ない話をする時間だけが、私の正気を保ってくれていた。

転機が訪れたのは、春休みを間近に控えたある日のことだ。

いつものように帰りがけに私の元を訪れてくれたリュウスケくんは、何気ない会話の中で唐突に切り出した。

「佐竹さん、僕ね、東京の大学に行こうと思うんだ」

「と、東京……？」

思いがけない単語に鸚鵡返しする私に、リュウスケくんは爽やかな表情で頷く。

「うん。外交官になるために、一番良さそうな大学が見付かったんだ。それに都会の方がいろんな経験を積めるし、海外の人とも日常的に交流しやすいみたいだから。今はスペイン語圏に興味があるから、専攻もそっち系になるかな。まぁ実は、好きなサッカー選手がスペイン人ってのもあるんだけど――」

意気揚々と展望を語るリュウスケくんの台詞が、妙に遠く感じられる。

幽霊の私がいつまでこの世に居座れるか分からないけど、リュウスケくんが富山県を離れてしまえば、年に数えるほどしか会えなくなる。ひょっとすると彼が東京に行っている間に私は消滅してしまうかもしれない。誰にも見えず声も聞こえない私は、リュウスケくんがいない軛野市でただ一人、立ち尽くすだけの存在になってしまう。

底知れない孤独感に襲われた私は、死に際の未練を思い出していた。やっぱり、伝えるべきだ。残された時間がいつまであるか分からない。私だけじゃなくて、リュウスケくんだっていつまでこの町にいるか、いつ私みたいに事故に遭ったり病気になったりしてしまうか分かったものじゃない。

叶わない恋でもいい。伝えるんだ。『君が好きだ』って。

私は、リュウスケくんの言葉の切れ目に合わせて口を開き――

「そっか！　そこまで考えているなんて、やっぱりすごいね！　応援してるよ！」

精一杯の笑顔で、そう答えた。

言えないよ。こんな体で告白されたって、リュウスケくんは困るだけだもん。彼のことを想うなら、伝えるべきは好意じゃなくて肯定だ。何の後ろめたさもないように、笑って東京に送り出してあげるんだ。

幸いリュウスケくんは作り物の笑顔に気付かなかったけど、その日から私は彼と会う時間すらつらいと思うようになっていた。どんなに楽しい時間を過ごしても、私の頭の片隅には常にいずれ訪れる終わりのことが居座っていた。いつの間にか足首の枷と鎖は随分と錆びていたけど、私はさほど気に留めていなかった。今さら自由に動き回れたって何の意味もない。

目の前を生きた人間が楽しそうに通り過ぎるたび、私の中の『こんなはずじゃなかったのに』という思いが増幅されていく。

どうして。

どうして、こんなにも大好きなのに。

どうして、私はリュウスケくんと結ばれることができないの。

憎い。

事故を起こした高齢者が。

私を轢いた車が。

救ってくれなかった人が。

未来に胸躍らせる子供が。

「それじゃあ、また明日ね、佐竹さん」

「……うん、またね」

私は上の空のまま、儀礼的に返事をする。

明日なんて来ないでほしい。それが叶わないなら、もう私に関わらないでほしい。

そんなことを切り出す勇気すらないまま、惰性の日々は続いていた。内心ではリュウスケくんも関係を終わらせたいと思っているはずなのに、リュウスケくんは律儀に私との関係を続けてくれている。その優しさが嬉しくて、つらくて、私は雁字搦めになっていた。

リュウスケくんが赤信号を待っている間、もう一つの横断歩道では一人の老婆がとろとろと歩いていた。私はその人が事故を起こした老人の奥さんであることを、随分前から知っていた。老体にも拘らず、毎週欠かさず献花と水やりに来て、献花台撤去後も律儀にここで頭を下げている。

彼女の誠実な行動は、しかし日を追うごとに私の感情を逆撫でるばかりだった。

あの人の奥さんだったんでしょ。あの人を止められたはずでしょ。どうして免許返納させなかったの。あれだけ同じような事故が何度も何度も起きているのに。そのお辞儀は、何のつもりなの。そんなことさせられたって、私は何も嬉しくない。ただあなたが罪悪感から逃れたいだけでしょ。

これまで抑え込んできた怒りは、一度堰を切るともう止まらなかった。

あなたが、私の代わりに死ねばよかったのに。

足元の枷が、バキン、と音を立てて壊れる。

途端、ギリギリで揺蕩っていたものが、一気に溢れ出した。

「お前のせいで、私はぁぁぁ――――!!!」

自由の身となった私は、両手で空を掻きながら、一目散に老婆に駆け出した。

一瞬、老婆が私の方を見て驚愕の表情になった気がした。直後、老婆は突然胸を押さえ、その場に蹲(うずくま)る。

私の呪いが、彼女の体を蝕(むしば)んだのか。

赤信号を待っていたリュウスケくんが私に、そして老婆に視線を向け、鞄を投げ捨て横断歩道に飛び込んだ。

「危ない、おばあちゃんっ！」

リュウスケくんが〝どっちから〟彼女を守ろうとした結果なのか、私には判然としない。

私が見たものは、私の前に躍り出たリュウスケくんが老婆を押し退け、その直後に爆速で横断歩道に進入してきた自動車に跳ね飛ばされる光景だった。漫画みたいに空を舞ったり激しく回転したりするようなことはなく、まるで誰かが悪ふざけで突き飛ばしただけのような、言ってしまえばそんな地味なワンシーンだった。

しかし、アスファルトに側頭部を強打したリュウスケくんは、倒れたままピクリとも動かない。漏れ出た血がじわりとアスファルトを濡(ぬ)らす様を、私は呆然と見下ろすことしかできない。

「あ……花房、くん……？」

呼びかけても答えてくれない。震える両手を見つめ、私は考える。

私が呪ったせいで、あの人は苦しんで蹲った。

あの人が蹲ったせいで、庇ったリュウスケくんが事故に遭った。

つまり……私がリュウスケくんを殺してしまった？

救急車が到着するまでの時間が、永遠のように感じられた。誰にも見られない私は救急車に同乗し、ぐったりしたリュウスケくんに必死に呼びかけ、充分な処置をしない救急隊員に聞こえない悪態を吐いた。

一命は取り留めたらしいが、リュウスケくんは脳に障害を負ったとかで、長い昏睡状態に陥った。眠る必要のない私は、文字通り昼夜を問わず彼を見守ることに専念した。幽霊の私がそんなことをしても、無意味どころか逆効果だったかもしれないけど、そうせずにはいられなかった。

祈りが通じたのか、一週間後にリュウスケくんは目を覚ました。病室で聞こえた息遣いを、私は一瞬願望が生み出した聞き間違いだと思った。半身を起こし、焦点の合わない目で見回すリュウスケくんを見て、私は声を弾ませた。

「よかった！　花房くん、起きたんだ！」

歓喜に涙する私に対し、リュウスケくんは困惑顔で首を傾げる。

「ええと……あなた、誰ですか？　ここ、どこなんですか？」

その一言で、沸き立った私が瞬時に凍り付いた。

忘れている？　まさか、記憶喪失？　頭を打った影響で？　これは一時的なもの？

分からない。だけど衝撃が喉元を過ぎると、私の中には打って変わって奇妙な期待が生まれ始めていた。

「ここは病院だよ。君は交通事故に遭って救急車で運ばれて、今日までずっと寝ていたんだよ。私は君の看病をしていたんだ」

慎重に反応を探りながら、私はそう説明した。

リュウスケくんはやはり覚えていないようで、曖昧に頷いてお礼を言ってくれる。

「事故、看病……そんなことになっていたんですね、ありがとうございます。それで、あなたは一体？」

その問いかけを待っていた。

私は胸に手を当て、屈託のない笑顔で堂々と言い放った。

「私は佐竹シオリ。花房くん……いや、リュウスケくんの彼女だよ。私のことは、前みたいにシオリって呼んでね」

その日から、私とリュウスケくんの新しい生活が始まった。

事故の影響でリュウスケくんは一日の大半を寝て過ごすようになったけど、私にとってはそれすらも追い風だった。このまままともな社会生活を送れなくなれば、リュウスケくんが東京の大学に進学したり外交官として海外に行ったりすることもない。リュウスケくんの記憶喪失と共に、全てがリセットされたんだ。私が事故死したことも、告白できなかった過去も、もどかしい高校生活も、全部私の都合のいいように捻じ曲げて――

いや。

いや、私は何を考えているんだ。捻じ曲げるって何を？　私とリュウスケくんは、ずっと前から恋人だったじゃないか。何度もクレープを食べたり映画を見たり遊園地に行ったりしたじゃないか。東京の大学？　外交官？　リュウスケくんが私を置いてどこかに行くわけないじゃないか。私が事故死？　何のことだか分からない。だって私とリュウスケくんは、こんなにも当たり前にお話ができているじゃないか。

全てを忘れて過ごす日々は、幸せなものだったけれど。

事態はやはり、私の与り知らないところでも動いていた。

事故こそ回避したものの、倒れた老婆はその後、心不全によって病死していた。駆け付けて臨終の瞬間を見届けた孫は、ひどく泣きじゃくっている。

「うっ、ううっ……おばあちゃん、どうして……」

「泣いたってばあさんは戻らん。報いたいと思うなら、今まで以上に勉強に励め」

父親の叱咤も、傷心の孫には届いていないようだった。

息を引き取った老婆が霊柩車で運ばれた後。空床になったベッドの片付けを担当していた新人看護師は、最後にベッドサイドモニターを倉庫に移動させていた。仕事は山ほどある、早く終わらせないと。そんな焦りから急いでキャスターを転がしていたのが災いした。

「あ、やっべ……」

キャスターが何かに引っ掛かって急停止し、早足の勢いのままモニターを床に落としてしまったのだ。慌てて立て直してその場を離れ、倉庫でコンセントを繋いでみる。電源ランプが点灯したため、ほっと胸を撫で下ろした。

「……よかった、動くなら大丈夫だよね」

鬼の副師長に高価な医療機器を落としたなんて知られるわけにはいかない。傷や凹みもないし、何の問題もないだろう。新人看護師は定位置にモニターを戻し、何食わぬ顔でナースステーションに引き返した。

とある自動車メーカーの社長が記者会見を開いたのは、それから間もなくのことだ。

「えー、当該事故車両につきまして当社にて調査を行いました結果、機関部に不具合が発見されました。事故に遭われました方、そしてお客様に深くお詫び申し上げますと共に、同型車両のリコールを近日中に実施する方向で――」

錆まみれのスパナを握り締め、機械油が混じった汗を拭い、整備士が同僚にぼやく。

「片付けても片付けても終わらねぇ……地獄だな」

「仕事人間のお前でもそう思うんだな、本当に顔色悪いぞ」

「最近思ったけど、俺、別に仕事が大好きってわけじゃねぇんだなって……」

頭部の刺すような痛みに顔を顰めながら、整備士は呟いた。ここ最近、頭痛が酷くなっている気がする。落ち着いたら一度病院で見てもらった方がいいかもしれないと、整備士は呑気にそう考えていた。

その日の夜勤だった看護副師長は、救急搬送された患者に、医師と共に対応していた。かなり危ない容態だったが無事持ち直し、その時は安堵に胸を撫で下ろしていた。

問題はその先、夜勤明けの翌日に副師長が出勤した時のことだった。

医療機器の故障による患者の処置遅れ及び死亡――副師長は初め、なぜ自分が叱られているのか理解できなかった。当日の自分の行動について記憶を遡り、副師長はやっとの思いで反論する。

「そんな、私、ちゃんとやりました！」

「じゃあどうしてベッドサイドモニターが止まったんだ！　機材管理を疎かにしているからこうなるんだ！　いいか、副師長のお前が適当な仕事をしたせいで、一人の人間が命を落としたんだぞ！　その意味をよく理解しろ！」

男性医師に問い詰められ、副師長は閉口した。患者を殺したくて医療従事者をやる奴がどこにいる。機材管理は確かに自分の担当だけど、帰った後に壊れることなんて予想できるわけがないじゃないか。

それでも、病院で看護師が医師に異を唱えることは許されない。患者の前で怒りを露にするなど言語道断だ。一ヵ月の停職処分を言い渡された副師長の激情は、人気のない真っ暗な自宅に辿り着いたことで爆発した。

賃貸物件であることも忘れ、穴が開きそうなほどの力で壁を蹴っ飛ばす。

「何でカズヒロがいないのよ！　ニートの分際で！　あれほどいつも家にいろっつってんでしょ！」

脳を焦がす苛立ちに身を任せ、副師長は冷蔵庫に残っていたウイスキー瓶を引っ張り出し、水で割ることもせずにかっ食らった。

「ふざけんじゃないわよ！　私はちゃんとやった！　人並み以上に頑張ってる！　新人みたいに甘えていないし師長みたいに嫌みも言わない！　なのにどうして私ばっかり、こんな目に遭わなきゃならないのよッ！」

そして、数日後。

その少年は、いつもお見舞いに行っている妹が、いつになく暗い顔をしていることに気付いた。

「ユミ、どうかした？」

「ん……何でもない。ちょっとね、悲しいことがあって」

理由を訊いても、妹はなかなか打ち明けてくれない。

どう励ましたか困り果てた少年は、両手を大きく広げて威勢よく宣言した。

「じゃあ、僕がとびっきり綺麗な石を持ってきてあげる！　ユミの嫌な気持ちが吹っ飛ぶくらいの！　だからユミも元気だせよな！」

「……うん、ありがとう」

妹は困ったように笑い、少年は意気揚々といつもの川に赴き――

「――ああああああああああ！！！！！」

その絶叫が私自身のものであることを、私は今の今まで気付けなかった。何も見えないように、何も聞こえないように。

蹲り、耳を塞ぎ、私は潰れない喉で叫んでいた。

歩道のど真ん中で奇声を上げる私を、しかし道行く人々は誰も声を掛けない。見向きさえしない。まるで私が存在しないかのように歩き、談笑している。

恐る恐る顔を上げると、いつの間にかアセビは私のライセンスカードを取り上げていた。指で挟んでカードを持つアセビは、哀れみの眼差しで私を見据えている。

やめてよ。そんな目で私を見ないでよ。

「……どうして」

立ち上がる気力さえ失い、私は力無く尋ねる。

「どうして私が、こんな仕事を手伝わされたの」

アセビに死神の仕事を手伝わされ、送った魂の死因が私だった。偶然の巡り合わせとはとても思えない。少なくともアセビに指示を出した上層部は、私と彼らの死の因果について最初から、或いはもっと早い段階から気付いていたはずだ。

恨めしげな私の問いかけに、アセビは言いにくそうに答える。

「正確なところは俺も知らねぇよ。でも、もうお前にも大体分かってるだろ」

現実逃避の質問であることを見透かされたようで、私は何も言えなかった。

そう、本当は分かっている。これは私が奪ってしまった魂たちへの、贖罪の儀式だったんだ。

自分の一部が少しずつ、着実に欠けていく喪失感の中、私は残る疑問を口にする。

「仕事を手伝えば、リュウスケくんの魂が救われるってのは……」

「あいつが事故に遭い、長い昏睡状態に陥っているのは、お前の呪いが原因だ。このまま居座れば遠からずあいつも死ぬが、お前が全ての因縁を整理して冥界に還(かえ)れば、その影響も消える。そういうことだ」

全ての謎が解消した。同時に、全ての希望が潰(つい)えた。

リュウスケくんが昏睡状態になって悲しかった。未練を残して死んだ魂に同情した。晴れやかに旅立つ彼らを見て誇らしい気分になった。リュウスケくんが元の暮らしに戻れるかもしれない一心で頑張った。

全部全部、原因は私だった。私がいなければそれで済んだ話だった。それなのに私はあれこれ考えたり奔走したり、あまつさえ偉そうにお説教したり、一体何様のつもりだったんだ。可笑しささえ込み上げてくる。

黙りこくる私を気遣うように、アセビは切り出す。

「シオリ、もういいだろ」

「……いいって、何が」

分かったような、諭すようなアセビの言い方が、癇に障った。

私の心境など知る由もない様子で、アセビは優しく語りかけてくる。

「確かにお前はやってはいけないことをした。だけど、死んだ人間が戻ることはない。そしてお前は、殺してしまった魂に最大限寄り添って見届けた。お前がこの世界でやるべきことは全て終わったんだ。だからもう、お前も冥界に——」

「……終わってない」

皆まで言わせず、私はアセビの言葉を遮った。

不意を衝かれたアセビは、険を伴った声で訊き返す。

「何だと？」

私は顔を上げ、聞き間違えのないようにアセビにがなり立てた。

「何も終わってない！　私のやるべきこと！　私のせいで四人死んだ？　それが何？　そんなの私にはどうでもいい！　私には関係ない！」

アセビの顔が、露骨に歪んだ。

召喚した大鎌を構え、アセビは尚も説得を続ける。

「いい加減にしろ！　これ以上お前がこの世界にいたって、苦しいだけだって自分でも分かってんだろ！」

これ以上の押し問答を続ければ、アセビは私を強制的に冥界に送るつもりだろう。だけど、そんなもの私には何の抑止力にもならない。私にはもう失うものなど何もないのだから。

「そんなこと分かってるよ！　だからその前に、連れて行くんだよ！　リュウスケくん一人を寂しい気持ちにさせちゃ可哀想だもん！」

全身に力が漲るような感覚に、私はすっかり陶酔していた。今ならどんな望みも叶えられる、そんな万能感が私を満たしていた。

大鎌を構えて駆け寄るアセビが、私にはスローモーションのように見えた。大振りな鎌が振り下ろされるより早く、私はアセビの懐に潜り込み、掌底を食らわせる。カウンターを受けたアセビは呻き、後方に大きく押し退けられる。

アセビが体勢を立て直す前に、私は背を向けて駆け出した。体が軽い。念じただけで宙に浮き、目的地に向かって一直線に飛ぶことさえできる。

「待て！」

アセビの呼び止める声も、遥か後方に置き去りにして。

目的地はリュウスケくんが入院する軛野市民病院だ。霊体の私は壁を無視して病室に入り込み、ベッドに横たわるリュウスケくんを激しく揺り動かす。

「リュウスケくん！　リュウスケくん、起きて！　起きてよぉ！」

彼の体調など一顧だにしない、乱暴な扱いだった。

私の必死の呼びかけに、リュウスケくんは眠たげに瞼を開け、焦点の合わない目で私を見る。

「……シオリ、ちゃん？　どうしたの、そんな怖い顔して……」

どうやら私は怖い顔をしているらしい。当然だよね、だって私は不幸をばら撒く怨霊だもん。

私は鼻先が触れそうなほどに近付き、リュウスケくんに〝怖い顔〟を見せ付ける。目を背けることを許さないよう、彼の頬に両手を当てて。

「リュウスケくん！　私、もう死んじゃってるんだって！　それだけじゃないよ！

私、人を四人も呪い殺した怨霊なんだって！　リュウスケくんが事故に遭って、ずっと眠っているのも、全部私のせいなんだって！　信じられる⁉　あは、あはは、あはははははは！」

感情が制御できなくなった私は、もはや自分が何を言っているのかも、悲しいのか楽しいのかすらも分からなくなっていた。怨霊である事実は堪らなく悲しいはずなのに、形だけの涙が滴る様を見ると笑いが止まらない。リュウスケくんのことを大事にしたいと想っているのに、今すぐ彼を殺したくて堪らない。

リュウスケくんは私が明かした真実によっぽど恐れ慄いているようで、言葉を失っている。そんなリュウスケくんの首に両手を掛け、私は詰問した。

「ねぇ、リュウスケくん、死んでくれるよね⁉　私、こんなにリュウスケくんを愛しているんだもん！　悲しいんだもん！　私はリュウスケくんを置き去りにしないよ！　だからリュウスケくんも、私をあの世に一人置き去りにしないよね⁉」

答えを待つ気はなかった。このまま首をへし折ってしまえば、リュウスケくんは死ぬ。私と同じ幽霊になって、私と一緒の所に逝ける。

眼前に迫った醜悪な怨霊、そして自らの死に恐れをなしたリュウスケくんは、私の手を振り払おうと必死にもがき、泣き喚きながら命乞いを――

「うん、いいよ」

あまりにも冷静で、自然な。

それこそ、日常の何気ない挨拶と変わらないような口調で答えられ、私の中の激情は一瞬で鎮まり返ってしまった。

うん、いいよ。その言葉の意味を、私は念入りに時間を掛けて咀嚼(そしゃく)する。

肯定。承諾。

つまり、リュウスケくんは私に殺されてくれるということ。

「…………えっ？」

落ち着いて考えても意味が分からず、私はひどく間抜けな声を上げてしまう。

何かの冗談？　それとも寝起きで頭が回っていないだけ？

面食らう私に、リュウスケくんはへにゃっと笑い、迷いなく言った。

「シオリちゃんを一人きりになんてしない。君が望むなら、僕も君と同じ所に逝くよ」

事態の深刻さをまるで理解していないような、愛らしくて穏やかな笑顔が、収まりかけた感情の奔流に再び火を点(つ)けた。

格好付けもいいところだ。窮地に陥ったからってそんな風に開き直れば、私がお情けを掛けて思いとどまるとでも？　どうせ殺せるわけないって？　生憎、私はチナツさんとは違うから！　抵抗しないなら、本当に連れて行くから！

首に掛けた両手に力を込める。リュウスケくんが小さく呻き、眉間に皺が寄る。ほうら、やっぱり怖いんでしょ。逃げたいんでしょ。嗜虐的な悦楽が、私の体を震わせる。

やれ！　やるんだ！　殺すんだ、リュウスケくんを！　アセビが来る前に！　そうすれば私とリュウスケくんは永遠に一緒になれるんだから！

殺す！　死ね！　死んで！　早く！　死になさい！　死ねよ！　死ね、死――

「……どうして」

ぽたり、ぽたりと、リュウスケくんの顔に雫が垂れる。

私から滴る涙を、リュウスケくんは無抵抗に受け止めている。殺害を予告されて尚、彼の手はベッドの上にだらりと下げられたままだから。

愛する人を苦しめている事実をどうしようもなく突き付けられ、私の両手から力が抜けていく。

「どうして、抵抗しないの、リュウスケくん」

それは疑問というより、懇願と表現する方が相応しかった。

リュウスケくんは軽く咳き込みながらも、普段通りの落ち着き振りで訊き返す。

「シオリちゃんは、どうして僕を殺さないの？」

やめてよ。

そんな優しい表情を、私に向けないでよ。私のことを、嫌ってよ。

怖がってよ。気持ち悪がってよ。

あなたにさえ嫌われれば、私は遠慮なく全てを憎むことができるのに。

こんな醜い姿になって、こんな殺意を向けられて、どうしてそれでも私を受け入れようとしてくれるの。

彼をこれ以上傷付けたくない。離れるなら今しかない。それなのに、私の手はリュウスケくんの首から離れてくれない。見るに堪えない独占欲が、私の体を縛り付けている。

浅い呼吸を繰り返しながら、私は救いを求めて希う。

「アセビ、お願い……あの鎌で、私を今すぐ冥界に送って……」

今しがた到着したのか、それとも気配を消して傍観していたのか。

いずれにせよ彼の答えは、私の視界の外、斜め後ろからもたらされた。

「ダメだ。言い残したことがあるんだろ。伝えるべき人間に、ちゃんと伝えろ」

私は猛然と振り返り、腕を組んでこちらを見るアセビをハッタと睨み付けた。

「何でそんな意地悪するの⁉　私、本当にリュウスケくんを殺しちゃうかもしれないんだよ！」

「お前が言い始めたことだろうが！」

アセビの一喝に、私は身を竦ませた。

アセビは私から目を背けることなく、遠雷のように低く凄む。

「鎌は最後まで使うな、未練を晴らして魂を旅立たせるべきだって、お前が主張したんだろうが。今さら引っくり返して自分一人だけ楽な方に逃げようとするな。自分が残した未練に、最後まで向き合え」

有無を言わせない迫力だった。

アセビは傍らに置いていた大鎌を軽く持ち上げ、口を噤む私に言い放つ。

「心配するな。もしお前が本当にそいつを殺しそうになったら、その前に俺が責任を持って首を刎ねてやる」

私を安心させるためのその言葉が、今の私には重い。消えられるなら今すぐ消えてしまいたい、それが今の私の望みだったから。

「でも、私……こんなひどい顔、もうリュウスケくんに見せたくない……」

私の潤んだ言葉を、アセビは素っ気なく一蹴する。

「気にし過ぎだ。前とそんなに変わっていない」

「……何それ」

ともすればデリカシーに欠けるアセビの一言が、私に僅かな苛立ちと奇妙な滑稽さをもたらした。アセビに真実を告げられてから、初めてまともな感情が戻ったように思えた。

幾分か気持ちが落ち着き、私はリュウスケくんに向き直った。

「……リュウスケくん、もしかして私が幽霊だってことに気付いていたの？」

「うん。実はね、二ヵ月前くらいに記憶が戻っていたんだ。シオリちゃんの事故や葬儀のことも思い出して、スマホのカレンダーを遡って昔あったことをいろいろ確かめたりして」

リュウスケくんの告白に、私は拍子抜けさせられてしまった。結局、何も知らなかったのも衝撃を受けたのも、私だけだったのか。

「それなのにずっと私と付き合って、嘘を信じてくれたの？　幽霊……ううん、怨霊の私と一緒にいるの、怖くなかったの？」

「怖がることなんて何もなかったじゃないか。君は誰よりも僕の傍にいてくれた。僕と楽しそうに話をしてくれた。君が幽霊だろうと人間だろうと、僕にとっては大した違いじゃなかったさ。記憶が戻ったところで、一日の大半を寝て過ごしていることには変わりなかったしね」

おずおずと尋ねた私に、リュウスケくんは朗らかに笑いながら答えてくれる。

この期に及んで、リュウスケくんは私を気遣ってくれている。他人のために率先して自分が貧乏クジを引いてくれている。そうさせてしまった自分自身に、堪らなく嫌悪感が募る。

「リュウスケくんの気持ちは嬉しいけどさ……君がそうなったのは、私のせいなんだよ。私がさっさと成仏していれば怨霊になることもなかったし、リュウスケくんが事故に遭うことも、四人が死ぬこともなかったんだよ……」

涙声で訴える私を、リュウスケくんは不思議そうな目で見てくる。

「ねぇ、君はどうして自分のことを、四人も殺した怨霊だと思っているんだい？」

この状況そのものに異を唱えるような問いかけに、私はキョトンとさせられた。

ああ、そういえば、目覚めたばかりだからまだ何も知らないんだよね。私は自己解決し、リュウスケくんに説明する。

「それは……アセビにそう言われたし、実際そうだったじゃん。リュウスケくんが事故に遭った日、私は横断歩道を渡っていたおばあちゃんを呪ったせいで発作が起きて、それを助けようとしてリュウスケくんが轢かれて、残りの三人もそれが始まりで次々に……」

「そうか。シオリちゃんはあの事故のことを、そう記憶しているのか」

リュウスケくんは得心が行ったように頷き、独り言ちた。

何のことだか分からず首を傾げる私に、リュウスケくんは告げた。

「君はあの時、横断歩道で蹲ったおばあさんを救おうとしたんだよ」

リュウスケくんの言葉の意味を、私はすぐには理解できなかった。

肉体を失って尚、思考能力の限界を迎えてしまった私は、きっとものすごく呆けた顔をしていたと思う。

「私が、リツコさんを救おうと……？」

そんなわけない。だって、それじゃあ大前提が崩れてしまう。私が既に死んでいるのも、生きている人間を憎んでいたのも、魄束を壊したのも、全て事実なのだから。

リュウスケくんがついてくれた優しい嘘、或いは誤解だろう。有り難いけれど、私はそれを静かに否定する。

「とんだ勘違いだよ。私はリツコさんを殺そうとした。救おうとしたのはリュウスケくんだよ。多分事故のせいで記憶が混濁しているんだろうけど……」

「違うよ。君はあの時、確かに『危ない、おばあちゃんっ！』って言って飛び出した。シオリちゃんのその声で、僕も事故に遭いそうなおばあさんがいることに気付いたんだ。でも君は幽霊だから、触れて助けることはできない。だから僕が代わりにおばあさんを助けようとしたんだ」

頑なに食い下がるリュウスケくんを、私は少し困った気持ちで諭す。

「いや、だからね、その台詞もリュウスケくんが言ったもので……」

「ううん、間違いなくシオリちゃんの台詞だったよ。だって僕は、身内以外の高齢者は『おばあちゃん』じゃなくて『おばあさん』って呼ぶから。小さい頃からそう呼ぶように躾けられているから、有り得ないよ」

今度こそ私は言葉を失った。アセビの方を振り返ると、彼もまた寝耳に水という表情でリュウスケくんを見つめている。

リュウスケくんがこんな嘘を堂々とつけるとは思えないし、意識が混濁している言い振りでもない。じゃあ、リツコさんは本当にたまたまあの時、心臓の持病で倒れてしまったってこと？　私が呪ったせいじゃなくて？

記憶違いを起こしていたのは……私の方だった？

胸の中に一縷の希望が差したように思え、しかしそれは瞬く間に掻き消えた。仮にそれが真実だとしても、状況は何も変わらないのだから。

「でも、結局リツコさんは持病で死んじゃって、リュウスケくんがそのせいで大怪我を負っちゃったなら……やっぱり、私が元凶だってことには変わりなくて……」

「僕はそうは思わない。同じ死ぬでも、あのおばあさんは轢かれなかったじゃないか」

私の後ろ向きな言葉に対し、リュウスケくんはきっぱりとそう断言した。

視線で意味を問いかける私に、リュウスケくんは微笑んで続ける。

「車に轢かれなかった。つまり、遺体が綺麗な状態でご臨終を見届けて、お葬式を挙げられた。それだけでも君と僕の行動には、実際に充分意味があったことだと思うよ。シオリちゃんのお葬式、遺体の損傷がひどくてお別れもできなくて、みんなすごく悲しんでいたから」

リュウスケくんの言葉に込められているのは、底知れないほどの他者への慈しみだ。私やリツコさん、そして自らの不幸を呪うような言葉は、一言として発しない。

直視に堪えないほどの心の清廉さが、指先から私の全身にも伝播していくように感じられる。

「そのせいで、リュウスケくんがこんな大怪我をすることになっても……？」

「君が味わった苦しみと寂しさに比べたら、こんなの掠り傷も同然さ。それに僕、寝るのは嫌いじゃないから」

冗談めかして言うリュウスケくんに、私は可笑しくなってとうとう噴き出してしまった。

後ろ手を組んで一歩分の距離を置き、私はリュウスケくんに尋ねる。

「ねぇ、リュウスケくんはどうして、そんなに人に優しくできるの？」

文化祭の実行委員なんてのはかわいいものだけど、身を挺してリツコさんを庇ったり、幽霊の私と関わったり、あまつさえ私の殺意と自らの死を受け入れてくれる度量は常軌を逸している。単なるお人好しではとても説明が付けられないくらいに。

リュウスケくんは電動ベッドを操作して上半身を起こすと、真剣な口調で答えた。

「僕ね、実はシオリちゃんの気持ちに、ずっと前から気付いていたんだ。僕の霊感の本質は、人の感情が見えることだから」

驚きに遅れて、羞恥の感情が私の全身を駆け巡った。幽霊でも顔って赤くなるのかな、と私は要らない心配をしてしまう。

浮かれる私と対照的に、リュウスケくんの表情には陰が差している。

「だけど、応える勇気がなかった。ウチ、家庭環境が少し複雑でさ。お母さんは人に見えないものが見える僕を気味悪がって『生むんじゃなかった』って言ってくるし、お父さんは気に入らないことがあるとすぐに僕やお母さんを怒鳴りつけてくるし。二人の感情を見ながら機嫌を取ろうとしても全然上手くいかなくて。そんな両親の元で育ったから、人を好きになるってことの意味がよく分からなくて、特定の誰かと深く関わる勇気もなかったんだ。自分のせいで他の人に悲しい思いをさせたくなかったし、その逆も同じだった」

初めて聞くリュウスケくんの家庭事情だった。そんな素振りをこれまで全く見せていなかっただけに、衝撃もひとしおだ。リュウスケくんの両親が滅多に面会に来ないことを不思議議には思っていたが。

リュウスケくんは自嘲気味に笑う。

「シオリちゃんが褒めてくれる僕の優しさってのは、臆病な気持ちの裏返しなんだよ。人の顔色を窺って、付かず離れずの距離を保っていれば、傷付けることも傷付くこともないから。外交官になろうと思ったのも、両親の目が絶対に届かないところで自由に暮らしたいっていうのが本音でさ、そこまで立派な信念や目標があるわけでもなかったんだ。本当の僕は人の感情の変化に怯えてばっかりで、こんな霊感なんて無ければいいのにっていつも自分を呪っていて、だけど心の奥底ではもっと深く人と関わりたくて……だから、積極的に僕に関わろうとしてくれる君のことが、すごく眩しく感じたんだ。好きな人のために自分を変えるって、僕には真似できないことだから」

過大評価もいいところだ。私はそんな大層な人間じゃないのに。ただ独占欲を拗らせただけの未練がましい幽霊に過ぎないというのに。

だけど……リュウスケくんも同じだったんだ。私がリュウスケくんに憧れていたように、リュウスケくんも私に憧れてくれていたんだ。

リュウスケくんは自分の喉に指を当て、その先を促すような視線を私に向けてくる。

「だからね、僕は本当にいいんだ。身代わりになってまでおばあさんを庇ったのも、あの人を守れるならここで死ぬ意味もあるかなって思っただけ。僕はこれからの人生でやり遂げたいことがないし、君以上に僕のことを愛してくれる人と出会える自信もない。空っぽな人生をだらだらと生きるくらいなら、これまで君に寂しい思いをさせた分、君が僕に寄り添ってくれた分、傍にいてお返しがしたいんだ。だから――」

「バ――ッカじゃないの⁉」

リュウスケくんが懸命に紡ぐ言葉を、私は声高に断ち切った。

リュウスケくんも、アセビも、私の奇声に目を丸くしている。

「えっ……バ、バカ？　僕が？」

毒気を抜かれた様子のリュウスケくんの鼻先に、私はビシリと人差し指を突き付ける。

「そうだよ、君のことだよ！　いい？　よく聞きなさい、大バカ者のリュウスケくん！」

「はっ、はい⁉」

私の気勢に、リュウスケくんはベッドに寝たまま背筋を伸ばした。

私は腕組みをし、リュウスケくんをジロリと睨め付ける。

「『君以上に僕を愛してくれる人と出会える自信がない』って何それ、いるに決まってんでしょ！　国内国外老若男女(ろうにゃくなんにょ)、引く手数多(あまた)に決まってんでしょ！　私はそんな価値の低い男を好きになった覚えはありませんけど！　それなのに言うに事欠いて、自信がないから仕方なく私と一緒になろうですってぇ？　はぁ？　何すかそれ？　私は妥協で付き合う程度の軽い女ですかぁ？」

「い、いや、僕はそんなつもりじゃ……」

意図的に曲解した私の詰問を受け、リュウスケくんはすっかりタジタジだ。

借りてきた猫のように縮こまるリュウスケくんに、私は手心を加えず畳みかける。

「リュウスケくんはねぇ、いくら何でも自己評価低すぎ！　君が自分のことをどう思おうと関係ないの！　リュウスケくんの優しさは国宝級なの！　こんなところで死のうものなら日本の、世界の、全宇宙の損失なの！　誰よりも君を見てきた私が言うから間違いないの！　そのことをちゃんと自覚しなさい！」

「は、はい……」

分かったのか分かっていないのか、リュウスケくんは消え入りそうな声で返事するのが精一杯のようだ。

当の私はと言えば、心行くまでどやしつけて晴れ晴れした気分だった。幽霊も案外悪いことばかりじゃない。

嵐の去った後の静けさの中、私はリュウスケくんの頭に手を置き、噛んで含めるように伝える。

「どこが空っぽの人生なの。素敵じゃん。自由に生きるために外交官を目指すことも、自分の身を挺して人に優しくしたり体を張ったりすることも、傷付けないように傷付かないように人と距離を置くことも、どれもこれも私には真似できないよ。立派だよ。リュウスケくんが自分のことを信じられないなら、それでもいいんだよ。だって私は、君以上に君のことを信じているんだから」

「でも、僕が早くシオリちゃんの気持ちに応えなかったばっかりに、君は事故で命を落としちゃったわけで……」

不安げなリュウスケくんの口元に人差し指を添え、私はしたり顔で嘯いた。

「死んだくらいで私の愛まで消えてなくなると思ったら大間違いだぞ。何せ私は、死んでまで君に付きまとうくらいしぶとい女なんだからね」

死んだことを思い出してから、一番自然に笑えたと思う。

私の顔は私には見えないけど、目の前のリュウスケくんの微笑みが、その答え合わせだった。

ふと、リュウスケくんの目尻が、不自然にひくついた。リュウスケくんは目元に指を遣り、申し訳なさそうに呟く。

「こんな時にごめん……でも、僕、もうすごく眠くて……」

終わりの時間が近付いている。今日に関しては、きっと正真正銘の。

それでも、いつもはあんなに寂しい彼の眠りが、今日は渡りに船のように思えた。このまま話し続けていたら、いつまで経ってもリュウスケくんの傍から離れられそうになかったから。

彼の眠りを邪魔しないよう、私はそっと身を引く。

「そっか、いっぱい話して疲れちゃったよね。ゆっくり休んでいいよ。これまであった悪いこと全部、忘れちゃうくらい」

そのまま離れようとする私の左手を、ベッドから身を乗り出したリュウスケくんが握ってきた。

「待って、一人にしないで……今日は、僕が寝るまで、一緒にいてほしいんだ……」

リュウスケくんの仕草も言葉も、まるで夜に怯える子供のようで、私は何だかくすぐったくなってしまう。

私はベッドに腰掛け、自由な右手でリュウスケくんの体を優しく撫でる。気分はさながら我が子を寝かしつける母親だ。

「しょうがないなぁ、今日だけだよ。その代わり、私のお願いを一つ聞いて。お返しがしたいんでしょ？」

目を閉じかけたリュウスケくんが、微かに頷いたのを見た。

私はリュウスケくんの手をギュッと握り返し、思い出す。

彼と交わした言葉、楽しかった記憶、アセビや魂たちとのやり取り——その全てを。

「私は君のことが好き。世界で一番愛している。だから——」

私がリュウスケくんの手から逃れたのは、彼が離したからでも私が振りほどいたからでもない。

気付けば私の全身は、光の粒をキラキラと放ち始めていた。透けていく体を見下ろしながら、こんなにも安らかな最期を迎えられた幸運に感謝する。

穏やかに寝息を立てる彼の耳元で、そっと囁(ささや)いた。

「世界で一番、幸せな人生を送ってよ。すぐにこっちに来たら、許さないから」

握られたままのリュウスケくんの左手を瞳に焼き付けてから、私はアセビに目配せし、唇の動きだけであるお願いをする。

アセビは何も言わず、全てを理解したように一つ頷くのみ。

間もなく降り立った光の柱に導かれ――佐竹シオリは、現世から完全に消滅した。

エピローグ 終わりと始まり

一月中旬の、冷え込む日。

大学入学共通テストを終えた花房リュウスケは、家に帰る前にあの交差点を訪れていた。ひしゃげたガードレールも道路のブレーキ痕もすっかり元通りで、二度に亘る悲惨な事故などなかったかのように日常に溶け込んでいる。

そんな交差点の一角で、リュウスケはそっと手を合わせ、禱(いの)りを捧(ささ)げた。寒さも気にせず、人目も憚らず。

どれほどの間、そうしていたことだろう。

「あのう、すみません」

彼女の冥福を祈っていたリュウスケは、背後から掛けられた声に目を開けた。

振り返ると、そこには一人の若い男性が立っていた。リュウスケよりも年上であるように見えるが、身長はさほど高くなく、角のない体型や青白い肌と相俟(あいま)って、奥手な印象を感じさせる。

彼はリュウスケと距離を置いたまま、おずおずと尋ねる。

「僕、世木シンゴって言います。もしかしてあなた、ここで亡くなった方の……」

訊いていいのか悪いのか判断がつかないような、自信のない言葉遣いだった。

皆まで聞かず、リュウスケは頷いて答える。

「はい、シオリちゃんは、僕にとってすごく大事な人……いえ、恋人でした」

「……そうか、シオリさんは、本当にもう死んでいたのか……」

その一言で、リュウスケは彼とシオリの関係について、朧げに察した。シオリはあの日以来彼女について話せる人の存在を、リュウスケは嬉しく思った。シオリはあの日以来ぱったり現れなくなり、リュウスケは全てが夢だったんじゃないかと疑い始めてすらいたところだったから。

「僕は花房リュウスケです。あなたも、シオリちゃんの知り合いなんですか？」

「ええ、まぁ。死んだおばあちゃんのことでいろいろ話をしてくれて、僕のために怒ったり励ましたりしてくれて。そのお陰で新しい人生を歩み出すことができて、彼女にはとても感謝しているんです」

シンゴは後頭部を掻き、気恥ずかしげに話した。シンゴが学生リュックのようなものを背負っていたため、リュウスケは彼が自分と同じ共通テストの受験者かもしれないと推測した。

シンゴは両手を体の前で揃え、神妙な面持ちで口を開く。

「実は、シオリさんの死因は、僕のおじいちゃんが起こした交通事故なんです。おじいちゃんとシオリさんはこの交差点で亡くなって、その因果かおばあちゃんもここの横断歩道で持病の発作を起こして、そのまま……」

目を伏せて申し訳なさそうに語るシンゴを、リュウスケは労わる。

「そうだったんですね、ご愁傷様です。短い間に二人も身近な人を失って、さぞおつらかったでしょう」

「……恨まないんですか、事故を起こした祖父のことを」

シンゴの問いかけに、リュウスケは緩やかに首を横に振る。

「あなたに罪はありませんし、怒ったところでシオリちゃんは戻りません」

「達観しているんですね」

「自分が世界で一番不幸だなんてのは、ただの思い上がりでしょう」

シンゴはリュウスケの隣に立ち、瞑目して合掌した。

禱りを捧げ終えたシンゴは深呼吸し、場違いなほどに晴れ渡った冬空を見上げる。

「死んだ人って、どこに行くんでしょうかね。シオリさんは、『おばあちゃんが僕を心配しているせいで成仏できない』って言っていましたけど、成仏って何なんでしょう。そんなの、できなくたっていいじゃないですか。この世でずっと傍に居て見守ってくれたらいいのに、もっと言うなら姿が見えて話もできたらいいのに……」

縋るようなシンゴの台詞に同調したい気持ちは、リュウスケの中にも当然ある。

だけど、それを意識的に振り切り、リュウスケは言った。

「いえ、やっぱりそれじゃ、ダメなんだと思います」

思いがけず強い口調になってしまったようで、シンゴは少々意表を突かれた表情でリュウスケを見た。

リュウスケは自分の左手を見つめる。最期にシオリの手を握った、その手を。

「大切な人が死ぬのは確かにつらいことです。どうしようもなく、狂おしいほど、自分も死んでしまいたいって思うくらい。それでも、もし死んだ人といつまでも関わることができたら、多分僕のような心の弱い人は、前を見ることを諦めてしまう。死んだ人に囚われて、自分の時間が止まってしまう。そして最終的には、大切な人と同じ存在になるために、自分の命さえも絶ってしまう。成仏とか供養って言うのは、その区切りを付けるための儀式なんだと思います。何事も終わりがなければ、それはきっとお互いにとって地獄と変わりませんから」

シオリとの別れを最後に、人の感情が見えるリュウスケの霊感は鳴りを潜めている。

シオリの手引きによるものか、事故と治療の影響なのか、理由は分からない。だけどリュウスケの中に、そのことを惜しむ気持ちはなかった。

生きている人間にも、死んだ人間にも、終わりは等しく必要なのだ。永遠なんてものは人類にとって、あまりにも過ぎた重荷だから。

だから、一人では背負い切れないその重荷を、形を変えて世代を超えて、みんなで分け合うんだ。

「死んだ後に僕たちがどうなるのか、無に還るのか天国や地獄で暮らすのか輪廻転生するのか、僕には分かりません。だけど、死後の世界がどうであれ、確かな事実として僕たちの世界は続いていくんです。生まれて、関わって、話して、学んで、愛して、くっ付いて離れて、死んでまた生まれて……連綿と続いてきた歩みの中で、僕たちはこうしてここにいる。だから悲しくてもつらくても、その歩みを止めることだけは、絶対にしちゃいけないんです」

シンゴの尊敬の眼差しが、リュウスケには少し落ち着かなかった。

かく言うリュウスケ本人だって、全てを割り切れているわけじゃない。ただ、大切なことははっきり言葉にしなければならないと、身に染みて理解しているだけだ。いつか言いたくても言えなくなる日が来る、その前に。

照れ隠しのように笑い、リュウスケは冗談めかして言った。

「悲しみを乗り越えて人は強くなる……なんて上から目線は大嫌いなんですけどね。弱いままでいいから悲しい気持ちになりたくない、ってのが本音なので」

「気が合いますね、僕も同感です」

シンゴもまた相好（そうごう）を崩し、和やかな空気が流れた。

ひとしきり笑い合った後、シンゴは佇まいを正し、リュウスケをまっすぐ見た。

「あなたは自分のことを弱いって言いましたけど、充分強い人ですよ。シオリさんの恋人が、あなたでよかった」

初対面ではあったけれど、シンゴはさっきより幾分か逞（たくま）しい顔付きになっているように思えた。

リュウスケは微笑み、シンゴに右手を差し伸べる。

「ありがとうございます。シオリちゃんが繋いでくれた縁だからかな、あなたとは初めて会った気がしませんね。僕はもうすぐこの町を出ますけど、あなたとはいずれ、どこかでお会いするような気がします」

「きっと会えますよ。僕たちが歩みを止めなければ、きっと」

二人が力強い握手を交わし終えると、折よく青信号に変わり、シンゴは別れの挨拶を告げて横断歩道を渡っていく。

シンゴが渡り切るのを見届けた後、遠ざかる彼の後ろ姿から目を離し、リュウスケもまた自分の道を歩き始めた。

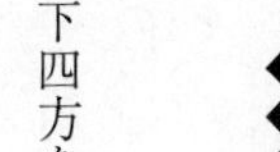

上下四方を柵に囲まれた鳥籠の中で、私は今日も今日とて退屈な時間を過ごしていた。

今日、というか、そもそもこの世界に一日や時間という概念が存在するんだろうか。少なくとも空の色は、ずっと夜明けなのか黄昏なのかも判然としない紺青色のままだけど。

この世界で目覚めた時から、私は金魚鉢のような球形の檻に閉じ込められていて、その檻の中でさえ右手と左足を枷と鎖で拘束されているという有り様だった。軽く体を動かすくらいの余裕と広さはあるし、食事も排泄も不要だからそれはいいんだけど、同じ場所にずっと釘付けにされるというのは単純に暇だ。周りには誰もいないけど、晒し者にされているみたいで落ち着かないし、格好が真っ白い死に装束というのも気に食わないし。

まぁ、それも仕方ないか。リツコさんの件はまだしも、リュウスケくんを危険な目に遭わせて、連鎖的に三人も人を殺してしまったことには変わりないのだから。

恐らく外では裁判のようなものが開かれているのだろうが、そろそろ結果が出ないものか。気を揉む私の願いが通じたのか、唐突に檻に近付いてくる足音が聞こえ、私は音の方向に顔を向けた。

檻の隙間からその姿を見た私は、拍子抜けさせられた。彼は特別な感慨を示すこともなく、義務的な無愛想さで言い放つ。

「シオリ、釈放だ。出ろ」

その言葉と共に私の枷が外れ、檻の一部が開く。

透かした仏頂面で私を解放した奴は、アセビだった。

「……こっちでもまたあんたと一緒なんてね」

憎まれ口を叩きながら、私は檻の外に出た。これからどうなるのかの不安より、新しい刺激が得られる喜びの方が私には大きかった。

凝ってもいない肩をほぐしながら、私はアセビに尋ねる。

「ま、いいか、見ず知らずの死神に気を遣うより。それで、私はどうなるの？　どんな地獄に堕(お)とされるの？」

最初っから無罪放免など期待してはいない。償う方法があるなら、どんな罰でも受けるつもりだ。

そう腹を括っていただけに、アセビの答えは全く想定外だった。

「釈放だと言っただろ。リュウスケが言っていたことは、的を射ていた。お前は本当にあの四人の死とは無関係だったんだ」

「……え？」

アセビの言葉を、私はすぐに呑み下すことができなかった。

呆然と立ち尽くす私に、アセビは淡々と説明する。

「お前自身の死も、その後に起きた死も、もっと大きな連鎖の結果だったということだ。ある意味、お前は被害者だった。連鎖の大元にいる、本物の怨霊のな」

「じゃ、じゃあ私は、怨霊なんかじゃなかった……ってこと？」

理解が追い付かず、呂律(ろれつ)の回らない口で問うと、アセビは首を横に振る。

「半分そうだが、半分違う。リュウスケが死の危険に晒されたのは、間違いなくお前の影響だ。だが、あの時点でお前は不完全な怨霊だった。お前が危害を加えたのはリュウスケだけで、それ以外の人間には悪影響を及ぼしていなかったんだ」

アセビの答えを受けても、私は尚も持つべき感情を決めあぐねていた。悪影響が小さかったのはもちろん喜ばしいことだけど、私にとって一番大事なリュウスケくんが苦しんだことは正真正銘の悲劇なわけだし。

頭の整理をつけるべく、私は別の疑問をアセビにぶつける。

「でも、そんなことあるの？　私の魄束が壊れたのは事実なんでしょ？」

アセビの話では、魂の善性である魄束を壊した怨霊は、もっと危険な存在という触れ込みだったはずだ。不完全な怨霊なる私がなぜ誕生したのかも疑念が残る。

アセビは口元に手を当て、思慮深げに言う。

「これは俺の想像に過ぎないが……恐らくリュウスケ自身が、お前にとっての魄束のような存在になっていたんだと思う。あいつはお前の呪いを一身に受け止めることで、お前の正気と善性を繋ぎ留めていたんだ。あいつが死んでいたら、少々まずいことになっていたかもしれない」

アセビの推測は、私にとっても納得のいくものだった。自己犠牲精神が人一倍強いリュウスケくんなら、それくらいのことをしても不思議じゃない。

「そっか……うん、私もアセビの言う通りだと思う」

私は胸元をギュッと握った。命を賭して私の心を守ってくれたリュウスケくんに、深い感謝を捧げながら。

ようやく気持ちが落ち着き、私はアセビに訊いた。

「リュウスケくんは今どうしているの？　私が成仏して、悪影響も消えた？」

「ああ、それは安心していい。お前が消えた一週間後には退院して、今はもう元通りだそうだ。お前の頼み通り、霊感も既に無くなっている」

アセビの即答に、私は胸を撫で下ろした。リュウスケくんの複雑な家庭事情を鑑みると、手放しに喜べないところもあるけど、少なくとも目下の危機は脱したわけだ。幸せになるための道のりは険しいだろうけど、リュウスケくんならきっと乗り越えて摑み取ってくれるはず。

ともあれ、事ここに至れば、考えるべきは自分のことだ。

「それじゃあ、私はこれからどうなるの？　地獄に堕ちないなら、天国に行けるの？」

その質問を待っていたかのように、アセビは指を二本立てる。

「選択肢は二つある。一つは今お前が言った通り、いわゆる天国に行くこと。もう一つは、俺と同じ死神になり、魂を送る仕事に就くこと」

「えっ？　怨霊でも死神になれるものなの？」

「今のお前は魂の禊を終えていて、もう怨霊じゃない。現世での悪行も、結果的には少年一人の一時的な昏睡で済んだしな。それにお前は既に仕事の勝手が分かっているから、適性アリだと判断されたんだろう。死神になると、実績に応じていくつか特典も付くが……」

アセビが丁寧に説明しようとしてくれるのは有り難いが、私にはその先を聞く必要はなかった。

「分かった、決めたよ。私、死神になる」

私の迷いない決断を、アセビは平然と受け止めている。アセビも私の答えを半ば予想していたのかもしれない。

アセビは間を置かず一枚のカードを懐から取り出し、私に投げ渡してきた。

「即決だな。やっぱりお前も、自分を殺した本物の怨霊のことが気になるか」

受け取ったそれは、やはり死神のライセンスカード。相変わらず表面には意味不明のミミズ文字が書き連ねられているが、恐らく仮免ではなく本免だろう。

ライセンスを手にした途端、私の死に装束の袖が黒く染まった。それはインクが滲むようにすぐさま全身に伝播し、私の純白の死に装束は、アセビと同じ真っ黒なローブに変貌した。そうなる予感がしていたから私は驚かなかった。

「気にならないって言ったら嘘になるけど、復讐のために死神になりたいわけじゃないよ」

ライセンスをローブのポケットに仕舞うと、私は終わらない紺青の空を見上げ、想いを馳せる。

リュウスケくんに、そして私が関わってきた全ての死者と生者に。

「私は救いたいんだ。ツバサくん、チナツさん、コウイチさん、リツコさん……それに私みたいに、未練を持ったまま死んでしまった人たちのことを。そして、私の死に関係しているかもしれない、その怨霊のことも」

私はアセビに向き直り、微笑んだ。

「私の大好きな人なら、きっとそうするもん」

「そうだな、それがいい」

アセビもまた口の端を上げ、薄く笑った。

珍しいアセビの笑顔に気を良くした私は、長い監獄生活の鬱憤晴らしも兼ねて、抑揚たっぷりに煽る。

「それに、私なんかに負けたアセビがこわーい怨霊と一人で戦うことになったら、取って食われちゃうかもしれないしねぇ～」

「負けていない。不意を衝かれただけだ」

唇を尖らせて反論するアセビは、すっかりいつもの無表情だ。

臍を曲げるアセビが可笑しくて、私はアセビの背中をバンバンと叩いた。

「え～、本当にぃ？　あんなご立派な鎌を持ってたのにぃ？　まま、安心なさい、これからはつよーいお姉さんがちゃーんと守ってあげますからね」

「殴るぞ」

軽口を叩き合いながら、私とアセビは殺風景な道を並んで歩く。

不安が全くないわけではない。死神の仕事を続けていけば、魂や人間の悪意に触れることも、衝撃の真実に愕然とすることも、救い切れなかった魂に涙することもあるだろう。嫌な未来を想像するのは、死者にとっても恐ろしいことだ。

だけど、それを恐れて自分の気持ちに蓋をすることなんてできなかった。生きていようと死んでいようと、いつまでも同じ場所にはいられない。

生者に終わりが必要であるように、死者にも始まりが必要なのだから。

＜初出＞

本書は書き下ろしです。

この物語はフィクションです。実在の人物・団体等とは一切関係ありません。